AF611419

LES DEUX PRISONNIERS DE WINDSOR

CHARLES D'ORLÉANS ET JACQUES Ier D'ÉCOSSE

PAR

E.-J. DELÉCLUZE

Extrait du MAGASIN DE LIBRAIRIE *publié par Charpentier.*

PARIS
IMPRIMERIE DE P.-A. BOURDIER ET Cie
RUE MAZARINE, N° 30
—
1860

LES DEUX PRISONNIERS DE WINDSOR

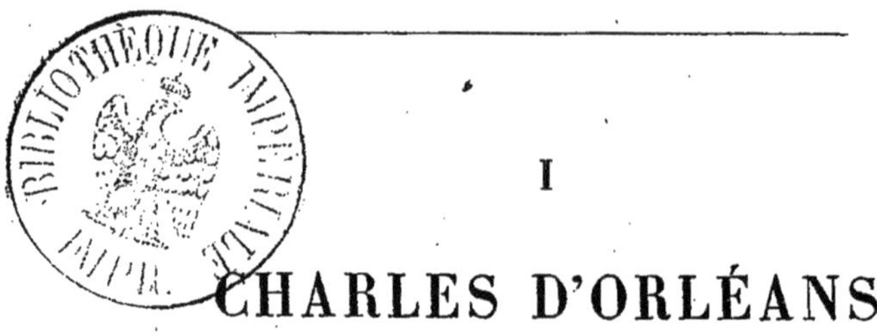

I

CHARLES D'ORLÉANS

On n'a jamais, que je sache, rapproché deux hommes qui tous deux de sang royal, braves à la guerre et poëtes remarquables, subirent, dans le même temps, une longue captivité en Angleterre : le prince français Charles d'Orléans et le roi d'Écosse, Jacques Ier. J'ai pensé qu'il y aurait quelque intérêt à comparer ces deux singulières destinées, à présenter dans deux tableaux parallèles les conformités et les différences qui pourraient venir de la fortune, du caractère personnel, enfin de la nature de l'esprit et du talent poétique de ces deux personnages. Pour le premier il sera peut-être curieux de résumer à ce nouveau point de vue les traits bien connus de sa vie et de sa physionomie littéraire; l'histoire romanesque du second, et ses poésies qui n'ont pas encore trouvé de traducteur, sont presque inconnues : j'espère qu'on me saura gré d'appeler l'attention sur un poëte aussi distingué et sur un aussi grand caractère.

On se rappelle au milieu de quels événements et de quelles mœurs politiques Charles d'Orléans fut jeté dès sa plus tendre jeunesse. Né en 1391 de Louis d'Orléans et de Valentine de Milan, il fut marié en 1406, par son oncle le roi Charles VI, à la veuve de Richard II d'Angleterre, Isabelle de France. Cette union, formée dans l'idée de satisfaire les prétentions de Louis, père de Charles d'Orléans, blessa profondément l'amour-propre de la princesse qui n'épousait qu'un enfant et perdait son titre de reine.

Ce mariage s'accomplit sous de tristes auspices, au milieu de querelles haineuses entre le duc de Bourgogne et Louis d'Orléans. On sait que l'un des tristes résultats de cette terrible inimitié fut l'assassinat du duc d'Orléans. Vainement Charles essaya-t-il de faire venger la mort de son père; on le vit, conduit par sa mère et accompagné de sa femme, se présenter devant le roi pour demander justice; les intrigues du duc de Bourgogne et la maladie de Charles VI firent échouer ces efforts. A la fin de 1408, après un an de veuvage, Valentine de Milan succombait à sa douleur; l'année suivante Isabelle cessa également de vivre.

Deux ans après, Charles, pour lutter avec plus d'avantage contre le duc de Bourgogne, resserra les liens qui l'unissaient déjà au puissant duc d'Armagnac, en épousant Bonne d'Armagnac, ce qui donna une activité nouvelle aux deux factions qui se disputaient le pouvoir.

D'affreux désordres eurent lieu alors à Paris et dans toute la France. Ces troubles et l'anarchie qui en résulta poussèrent les esprits aux plus déplorables résolutions. Par une erreur fatale qui plus d'une fois dans notre pays a fait illusion à des âmes nobles et généreuses, on eut recours à l'étranger, dans l'espoir qu'il aiderait à faire cesser les désordres et les malheurs qui pesaient sur la France. C'est ainsi que Charles d'Orléans fut un des signataires de ce traité secret qui achetait l'alliance du roi d'Angleterre Henri IV contre le duc de Bourgogne, par la reconnaissance de ses droits sur plusieurs provinces françaises, et lui promettait des hommes et de l'argent pour les soutenir. Les Anglais prirent prétexte de ce traité pour faire quelques descentes sur les côtes de Normandie et pour y piller des villes, des villages et des abbayes. Henri IV mourut bientôt sans avoir apporté d'autre remède aux maux de la France. L'ambition de Henri V les aggrava aussitôt après d'une manière terrible. Lorsque des négociations dérisoires lui eurent permis d'achever des préparatifs considérables, c'est en conquérant qu'il prétendit débarquer à Harfleur (août 1415). Il conduisit lui-même une armée composée de six mille lances et de vingt-quatre mille fantassins. Cependant le succès ne répondit pas d'abord à ses espérances. La résistance prolongée d'Harfleur qui, livrée à ses propres ressources, ne se rendit que le 22 septembre après un siége de plus d'un mois, et surtout la dyssenterie, réduisirent de plus de moitié les troupes anglaises. Henri V ne se rebuta pas. Malgré les conseils de ses officiers, malgré l'offre de lui livrer passage s'il voulait renoncer à ses prétentions, il s'obstina dans son projet de traverser une partie de la France pour gagner Calais où il avait ordonné à sa flotte de l'attendre; c'est avec quinze ou seize mille hommes, mal nourris et à peine vêtus, qu'il arriva sur le champ de bataille d'Azincourt, pour lutter, disent les historiens, contre une armée de près de cent mille hommes. Dans les rangs français, hâtons-nous de le dire, se trouvait le duc d'Orléans.

Sans entrer dans les curieux détails de la bataille d'Azincourt, conservés dans les chroniques françaises et anglaises, il suffira, pour en saisir le résultat, de savoir quelle était la disposition relative des deux armées, et comment, sur un terrain resserré et délayé par de longues pluies, la plus nombreuse ne put faire aucune manœuvre, tandis que les quinze mille Anglais, agissant avec plus d'ordre et d'agilité, culbutèrent leurs adversaires. Les deux armées étaient également échelonnés en trois corps, mais avec cette différence importante que l'avant-garde anglaise se composait d'archers à pied, tandis que celle des Français était formée de toute la noblesse française à cheval, pesamment armée et qui, pour rien au monde, n'aurait consenti à céder le poste le plus périlleux aux vilains. Dans cette avant-garde, commandée par le connétable d'Albret, se trouvaient les plus grands seigneurs de France, et entre autres, comme nous l'avons dit, Charles d'Orléans.

La victoire ne fut pas longtemps douteuse. Les archers anglais firent une décharge sur l'avant-garde des seigneurs français dont les chevaux blessés par les flèches, et débarrassés de leurs cavaliers, portèrent le désordre dans le second corps qui le communiqua au troisième. A la vue de cette confusion générale les archers anglais changèrent d'armes, et remplaçant leurs arcs par des haches qu'ils portaient en sautoir, commencèrent à faire de l'avant-garde française une boucherie qu'ils achevèrent sur le reste de l'armée, avec l'aide de la cavalerie.

C'était alors l'usage que les prisonniers appartinssent à ceux qui les avaient pris et leur payassent une rançon proportionnée au rang de chacun d'eux. Cependant lorsque la haute naissance du prisonnier le mettait hors de pair, il devenait un otage pour le souverain vainqueur. Ce fut le cas où se trouva Charles d'Orléans. Il fut pris tout couvert de blessures et confié aux soins de sir Charles Waller, chargé de l'accompagner jusqu'en Angleterre. Mais avant de trouver quelque repos à Groombridge ou Waller l'hébergea, le malheureux prince, ainsi que ses compagnons d'infortune, eut de cruelles épreuves à subir. Aux fatigues du voyage, rendues plus insupportables par son état de souffrance, vinrent s'ajouter toutes sortes de tortures morales.

Cependant les soins et même les honneurs lui furent d'autant plus prodigués qu'on se proposait de tirer de lui une rançon énorme. D'abord conduit à Calais; il était placé, avec les autres prisonniers d'importance, entre l'avant-garde et le principal corps de l'armée anglaise. La marche fut pénible pour tout le monde. Vainqueurs et vaincus, en arrivant dans la ville, étaient exténués de fatigue. Chacun espérait y trouver quelque repos et des vivres, car la plupart d'entre eux n'avaient pas mangé de pain depuis huit ou dix jours. Mais les habitants ne voulurent recevoir personne chez eux excepté quelques lords anglais. Aussi peut-on se figurer la détresse des pauvres prisonniers dont la plupart étaient horriblement mutilés. La disette était telle que les soldats et les archers anglais ne faisaient plus attention à la valeur des choses qu'ils échangeaient contre des vivres. On en vit qui vendirent leurs bagages et jusqu'à leurs prisonniers pour tirer de l'argent des habitants et se procurer de la nourriture. D'autres, ne pouvant plus subvenir aux besoins de leurs captifs, leur imposèrent une rançon en les renvoyant en France sur parole. En somme tout était devenu indifférent aux soldats anglais, excepté le besoin de manger et le désir de retourner dans leur pays.

Pendant son séjour à Calais, le roi d'Angleterre donna à dîner à ses prisonniers d'élite : le duc d'Orléans, le duc de Bourbon, les comtes d'Eu, de Vendôme, de Richemont et le maréchal Boucicaut; puis, après le repas, il fit présent à chacun d'eux d'une robe de drap de damas. Jusque-là les convives n'avaient eu qu'à se louer de la galanterie du monarque anglais; mais le discours qu'il leur tint à la fin du banquet ne fut pas d'aussi bon goût. « Ne vous émerveillez pas, leur dit-il, si j'ai obtenu contre vous un succès dont je suis loin de m'attribuer la gloire. Car, ajouta-t-il, c'est l'œuvre même de Dieu qui vous est contraire à cause de vos péchés; et l'on doit s'étonner de ce que les revers ne vous aient pas frappés plus tôt, car il n'est ni mal ni péché auxquels vous ne vous soyez abandonnés, ne tenant foi et loyauté à créature du monde, en mariage ni autrement, commettant sacriléges, violant les saints lieux, épuisant les ressources de votre pays, et le détruisant sans raison. »

Singulière leçon dans la bouche d'un jeune prince dont la conduite et les mœurs, jusqu'à son avénement au trône, n'avaient été rien moins que régulières. Mais des souffrances et des humiliations plus cruelles étaient réservées aux prisonniers français. La traversée de Calais à Douvres fut terrible. Il s'éleva une tempête assez violente pour que deux vaisseaux appartenant à un lord anglais se perdissent corps et biens, et que plusieurs bâtiments chargés de prisonniers allassent toucher les côtes de la Hollande. Charles d'Orléans était sur le vaisseau de Henri avec ses plus illustres compagnons d'infortune; épuisé par le mal, il put voir l'énergique nature du monarque anglais triompher de cette épreuve et conserver un calme inaltérable. Mais les douleurs physiques n'étaient rien au prix de ce qu'il dut éprouver sur le sol de l'Angleterre.

Depuis Douvres jusqu'à Londres, les populations accouraient de tous côtés au-devant du roi et de l'armée. Ce fut une marche triomphale, et l'enthousiame que le peuple manifesta entre ces deux villes ne fut surpassé que par celui qui éclata dans la capitale le jour où le roi alla à l'église Saint-Paul pour remercier Dieu de la victoire qu'il venait de remporter. Vêtu de pourpre, il était à cheval et avançait lentement au milieu d'une foule qui ne s'ouvrait qu'avec peine, et dont les cris de joie faisaient continuellement retentir les airs. Derrière le vainqueur suivaient les princes, les ducs, les comtes, barons et maréchaux ses prisonniers, qu'entourait une troupe nombreuse chargée de les garantir des flots de gens que la curiosité poussait autour d'eux.

Qu'on se figure les sentiments de la brave noblesse française réduite à orner ce triomphe où furent renouvelés les raffinements tant soit peu barbares des Romains!

Charles d'Orléans était là; et de ce jour 25 octobre 1415 jusqu'à celui de son rachat et de sa délivrance en février 1440, il subit en Angleterre une captivité de vingt-quatre ans. Telle est la première période de la vie de cet homme que sa naissance et le rang qu'il occupait à la cour du roi Charles VI jetèrent dès son adolescence au milieu des factions les plus haineuses, qui prit part à un traité funeste avec les ennemis de son pays, et finit par tomber en leur pouvoir après avoir vaillamment combattu, bien que son naturel le portât vers une vie paisible, et que, par son caractère doux et aimable, par son esprit délicat, il fût particulièrement disposé à cultiver les lettres.

On n'a trouvé jusqu'ici que fort peu de renseignements sur la vie qu'il a menée pendant sa captivité. Dans le charmant recueil de ses poésies, dont un assez grand nombre ont été composées pendant son séjour en Angleterre, on ne remarque que quelques rares passages où il fait allusion à ses malheurs et aux grands événements qui eurent lieu en France pendant son absence. On rencontre bien parfois dans ses ballades et ses rondeaux des vers qui témoignent de la douleur qu'il ressentait lorsque les Anglais victorieux s'établissaient en maîtres dans le royaume de France, ainsi que du soulagement et de la joie qu'il éprouva en apprenant les revers successifs des ennemis de son pays; mais, au lieu d'être burinées à grands traits, ces étonnantes péripéties historiques ne lui inspirent que des vers charmants et tout à fait hors de proportion avec les sujets majestueux qu'il traite. Charles, duc d'Orléans, est un poëte élégiaque et érotique, d'une élégance rare, dont les écrits se font remarquer par une pureté de style et une facilité pleine de grâce.

Qu'il fût né écrivain et poëte, c'est ce dont on ne saurait douter en lisant ses vers; mais quel genre de culture son esprit avait-il reçu au milieu des tristes événements qui fondirent sur son pays et sa famille au moment où il sortait à peine de l'enfance? On ne sait rien sur ce point. Seulement il est vraisemblable que son illustre mère, Valentine de Milan, à qui les grands écrivains de l'Italie, Dante et Pétrarque, étaient familiers, en soignant l'éducation de son fils, lui fit connaître les délicatesses d'une littérature déjà bien plus perfectionnée que la nôtre. Quoi qu'il en soit de ces conjectures, ils est certain que dès sa jeunesse Charles cultivait la poésie comme il le dit lui-même dans une de ses jolies ballades, écrite au temps de sa captivité [1].

Voici des fragments de deux ballades où il fait allusion à son malheur, mais sur des tons si différents et avec un tel laisser-aller, que l'on serait tenté de croire qu'il parle des infortunes d'un autre.

Je fus en fleur au temps passé d'enfance,
Et puis après devins fruit en jeunesse;
Lors m'abattit de l'arbre de plaisance (*plaisir*)
Verd et non mur, Folie, ma maîtresse :
Et pour cela, Raison qui tout redresse
A son plaisir, sans (*me faire*) tort et méprison (*injustice*),
M'a, à bon droit, par sa très grand sagesse
Mis pour murir au feurre (*sur la paille*) de prison.

1. Ballades, chançons et complaintes
Sont pour moi mises en oubli, etc.

(*Que*) Dieu nous donne paix, car c'est ma désirance;
Alors serai en l'eau de Liesse (*bonheur*)
Tout rafraichi, et au soleil de France
Bien nettoyé du moisi de tristesse;
J'attends bon temps, endurant en humblesse (*humilité*) :
Car j'ai espoir que Dieu ma guérison
Ordonnera. Pour ce, m'a sa hautesse
Mis pour murir au feurre de prison.

On voit par ces vers que le prisonnier prenait son mal en patience; mais en voici d'autres où il en parle tout à fait gaiement :

Nouvelles ont couru en France
Par maints lieux que j'étois mort;
Dont avoient peu de déplaisance
Ceux qui me haïssent a tort.
D'autres en ont eu déconfort (*du chagrin*)
Qui m'aiment de loyal vouloir
Comme mes bons et vrais amis.
Je fais a toutes gens savoir
Qu'encore est vive la souris.

Évidemment les instincts du poëte étaient plus forts que ses chagrins, et comme la douce Philomèle qui chante même en cage, notre prisonnier ne cessait de faire des vers sous le ciel nébuleux de l'Angleterre. On trouve dans le recueil de ses poésies une suite de chansons et de ballades adressées à une dame qu'il avait laissée en France. Il la qualifie de princesse sans la nommer jamais, car Charles d'Orléans était en amour d'une discrétion qui serait rare en tout temps, mais qui l'était plus particulièrement dans celui où il vivait. Voici comme il parle des perfections de cette beauté inconnue :

S'il est quelqu'un pris de tristesse
Qu'il aille voir son doux maitainement (*maintien*);
Je me fais fort que le mal qui le blesse
Le laissera pour lors soudainement,
Et en oubli sera mis pleinement.
C'est paradis que de sa compagnie :
A tous (*elle*) complait, a nul n'est ennuyant.
Qui plus la voit, plus en est désirant;
De ces grands biens est ma dame garnie.

Charles excelle dans les pièces galantes; il est moins heureux lorsque les sujets qu'il traite sont graves et qu'il veut parler sur un ton élevé. Il faut cependant citer ici une ballade de ce genre, parce qu'il y est fait allusion à des événements historiques qui fixent à peu près la date à laquelle cette pièce a été composée, genre de renseignements que l'on ne rencontre que fort rarement dans les écrits de notre poëte. Ce doit être vers 1449, quelques années après son retour en France, lorsque la faction de la Rose blanche, fomentée par Richard, duc de Glocester, disputait le trône de Henri VI, que Charles d'Orléans composa cette pièce, puisqu'il y signale les revers des Anglais en France et la reprise de possession de la Guyenne et de la Normandie par les armées du roi Charles VII.

Comme je vois les Anglois ébahis!
Réjouis toi franc royaume de France!
On s'aperçoit que de Dieu sont (*les Anglais*) haïs,
Puisqu'ils n'ont plus courage ni puissance.
(*Ils*) pensoient bien par leur outrecuidance
Te surmonter et tenir en servage;
Mais a présent Dieu pour toi les combat
Et se montre du tout de ta partie,
Leur grand orgueil entièrement abat
Et t'a rendu Guyenne et Normandie!

N'ont pas Anglois souvent leurs rois trahis[1]?
Certes oui; tous en ont connoissance!
Et encore le roi de leur pays
Est maintenant en douteuse balance.
D'en parler mal chaque Anglois s'avance,
Montrant assez par leur mauvais langage
Que volontiers ils lui feroient outrage.
Qui sera roi? Entre eux est grand débat;
Pour ce, France que (*je*) te die?
De sa verge Dieu les punit et bat
Et t'a rendu Guyenne et Normandie!

Il y a certainement de la verve dans ces vers, et l'expression ne manque ni de fermeté ni d'élégance. Cependant on voudrait y trouver une certaine ampleur, une majesté qu'un poëte antérieur de plus

1. Les Anglais n'ont-ils pas souvent trahi leurs rois?

d'un siècle, Rutebœuf, avait su imprimer à sa *Complainte d'outre-mer* où il s'éleva avec tant de vigueur contre le refroidissement des princes chrétiens pour la guerre sainte [1].

Successeur de Thibaut, comte de Champagne, précurseur de Marot et même, pourrait-on dire, de Chaulieu, Charles d'Orléans est un poëte charmant lorsqu'il badine sur la galanterie. Son esprit élégant et facile le porte à traiter parfois, d'une façon légère, même les sujets les plus graves; mais sa muse gracieuse ne l'inspire jamais plus heureusement que quand la matière s'accorde avec la nature de son génie. On en jugera par deux pièces : l'une, le *Songe en complainte*; l'autre, que l'on va lire : *une Requête* adressée à l'Amour et à Vénus. Les cheveux de Charles commençaient à grisonner; et le poëte, arrivé à la maturité de l'âge, sentait la nécessité de se faire relever du serment qu'il avait fait à l'amour dans sa jeunesse. Voulant donc rentrer dans la libre possession de son cœur, il parodie dans sa requête le langage du barreau, et s'exprime ainsi :

Aux excellents et puissants en noblesse
Dieu Cupidon et Vénus la déesse.

Supplie présentement
Humblement
Charles le duc d'Orléans
Qui a été longuement
Ligement *(sans retour)*
L'un de vos obéissants,
Et entre les vrais amants

1. En voici le début : « Empereurs, rois, ducs, comtes et princes, vous a qui on récite, pour vous divertir, des romans où figurent ceux qui, autrefois, ont combattu avec tant de valeur pour la sainte Église, que comptez-vous faire, vous, pour obtenir le paradis? Ceux dont vous vous amusez à entendre les histoires ont gagné cet honneur par les peines et les souffrances qu'ils ont endurées ici-bas. Voici le temps venu pour vous; donnez donc aussi matières à de nouvelles histoires, et servez Dieu qui vous montre le chemin de son pays, de cette terre de promission (la Palestine) toute troublée, et sur le point d'être perdue! Ah! roi de France, pourquoi vous déguiserais-je la vérité. La loi, la foi, la croyance vont en chancelant! secourez-les, il en est grand besoin. Roi de France, qui n'avez pas craint de mettre en captivité pour Dieu vos amis et votre personne, quelle honte pour vous si vous perdiez la possession de la terre sainte! Il faut que vous y alliez. Hommes et argent, n'épargnez rien pour la gloire de Dieu! »

Vos servants,
A dépensé largement
Le temps de ses jeunes ans,
Très plaisants,
A vous servir loyalement.

Qu'il vous plaise regarder
Et passer
Cette requête présente
Sans la vouloir refuser;
Mais penser
Que d'humble vueil (*volonté*) la présente
A vous par loyale entente (*intention*)
En attente
Et (*de*) votre grâce trouver;
Car sa fortune dolente
Le tourmente
Et le contraint de parler.

Après avoir juré que sa maîtresse lui ayant été enlevée par la mort il n'aimera plus, le spirituel pétitionnaire ajoute :

Et pour ce que, jà pieçà (*depuis longtemps*)
(*Charles*) Vous jura
De vous loyalement servir;
Et en gage vous laissa
Et donna
Son cœur par loyal désir;
Il vient pour vous enquérir
Que tenir
Le veuillez, tant qu'il vivra,
Excusé. Car sans faillir
Pour mourir [1],
Plus amoureux ne sera.

. . . .

A Bonnefoi que (*vous*) tenez
Et nommez
Votre principal notaire,
Escriptement (*par écrit*), ordonnez
Et mandez,

1. Jusqu'à la mort.

Sous peine de vous déplaire,
Qu'il veuille, sans délai traire,
Lettre faire
En laquelle affirmerez
Que congé de se retraire (*retirer*)
Sans forfaire
Au dit cœur donné avez.

Chaulieu, sur le retour, se retirant de l'arène amoureuse, aurait-il fait part de sa résolution avec plus d'esprit et de gentillesse à Hortense de Mazarin ou à la duchesse du Maine? Quant aux chansons du prisonnier d'Azincourt, en voici une que Chapelle et de La Fare n'auraient pas reniée :

Quand je fus pris au pavillon
De ma dame très gente et belle,
Je me brulai à la chandelle
Ainsi que fait le papillon.

Je rougis comme vermillon
Aussi flambant qu'une étincelle,
Quand je fus pris au pavillon
De ma dame très gente et belle.

Si j'eusse été émerillon [1]
Et que j'eusse eu aussi bonne elle (*aile*),
Je me fusse gardé de celle
Qui me bailla de l'aiguillon
Quand je fus pris au pavillon
De ma dame très gente et belle.

Si Boileau eût eu connaissance des vers de Charles d'Orléans, écrits avec tant de pureté, où les rimes sont croisées avec tant d'art et où déjà, par un instinct de l'harmonie propre au vers français, le poëte fait assez régulièrement succéder les rimes féminines aux masculines, certes, le législateur du Parnasse français n'aurait pas dit que Villon sut le premier :

Débrouiller l'art confus de nos vieux romanciers.

Aujourd'hui que nos anciens auteurs, soigneusement étudiés, sont

1. Oiseau de proie.

mieux connus, et que la comparaison entre leurs ouvrages est devenue facile, on peut en profiter pour faire le rapprochement d'une des pièces les plus renommées de Villon avec celles de Charles, que nous venons de citer. Or il est indispensable de savoir que le talent de Villon était dans toute sa force vers 1461, lorsque Charles d'Orléans, âgé de 78 ans, avait produit depuis longtemps ses meilleures poésies. Cependant on va juger de la différence qu'il y a pour la clarté et l'élégance du style entre ces deux écrivains. Voici la plus remarquable et la plus connue des pièces de Villon :

DES DAMES DU TEMPS JADIS[1].

Dites-moi où et en quel pays
Est Flora la belle romaine,
 Archipiade et Thais
Qui fut sa cousine germaine?
Écho parlant quand bruit on maine
Dessus rivière, ou sus estan,
Qui beauté eut plus que humaine?
Mais où sont les neiges d'Antan?

 Ou est la très sage Hélois?
Pour qui fut chatré et puis moine
Pierre Esbaillart à Saint-Denys
Pour son amour eut cette essoyne.
Semblablement où est la Royne

1. Il a suffi de quelques mots rajeunis pour faire comprendre les vers de Charles d'Orléans; la pièce de Villon demande une traduction; la voici : — Dites-moi où et en quel pays est Flora la belle courtisane romaine, ainsi qu'Archipia et Thaïs ses deux cousines. Qu'est devenu Écho dont la voix répondait au bruit que l'on fait au bord des rivières et des étangs, Écho dont la beauté était plus qu'humaine ? Mais où sont les neiges de l'an passé? — Où est la savante Héloïse pour qui Pierre Abailard fut fait moine à Saint-Denis afin d'expier son amour ? Où est aussi la reine qui ordonna que Buridan fût mis dans un sac et jeté dans la Seine? Mais où sont les neiges de l'an passé ? — La reine Blanche comme un lis, qui chantait comme une sirène, Berthe au grand pied, Béatrice, Alyce, Harembouges qui gouverna le Mayne et Jeanne la bonne Lorraine que les Anglais ont brûlée à Rouen; Vierge souveraine, où sont-elles ? Mais où sont les neiges de l'an passé ?— Prince, ne vous enquérez pas de ce que deviendront la semaine et l'an qui s'écoulent, car vous seriez ramené à ce refrain : Mais où sont les neiges de l'an passé?

Qui commanda que Buridan
Fût jeté en un sac en Seine?
Mais ou sont les neiges d'Antan?

La reine Blanche comme un lys
Qui chantoit à voix de sereine,
Berthe au grand pied, Bictris, Allys
Harembouges qui tint le Mayne,
Et Jehanne la bonne Lorraine
Que Anglois brulèrent à Rouen
Ou sont-ils, vierge souveraine?
Mais ou sont les neiges d'Antan?

Prince n'enquerez de Sepmaine
Ou elles sont, ni de cest an,
Que le refrain ne vous ramaine :
Mais ou sont les neiges d'Antan?

Il y a là un sentiment profond de la vanité des choses humaines, énergiquement exprimé; mais la construction des phrases, trop embarrassée, en rend le sens obscur; aussi est-ce bien plutôt le jet vigoureux de la pensée que la justesse de l'expression qui fait que l'on se souvient de cette ballade.

On sait que Villon était un vaurien qui fut heureux d'échapper à la corde qu'il méritait. Cependant on doit lui savoir gré d'avoir nommé Jeanne d'Arc, envers laquelle plus d'un de ses contemporains s'est montré indifférent et même ingrat. Comme il est possible que la totalité des pièces de poésie de Charles d'Orléans ne nous soit pas parvenue, on peut supposer qu'il en avait consacré quelques-unes à la mémoire de cette courageuse vierge qui, en sauvant la France, rendit la fin de sa captivité possible. Mais dans les vers que nous possédons de lui, c'est avec regret que l'on ne trouve ni le nom de l'héroïne ni même une allusion aux grands événements qu'elle a accomplis.

On ne saurait se dissimuler qu'il y eût quelque chose de léger dans l'esprit et le caractère de Charles d'Orléans; car, quoiqu'il ait été souvent fort maltraité par le sort, que sa jeunesse se soit passée au milieu des intrigues les plus compliquées et de tant d'événements sinistres, on s'aperçoit, en lisant ses écrits, qu'il n'a jamais pénétré bien avant dans les profondeurs du cœur humain. Mais peut-être doit-il au peu de force de ses idées cette clarté, cette élégance de style qui font encore lire aujourd'hui ses vers. Et, en effet, moins la matière est sérieuse, et plus sa langue poétique devient riche et élégante. Nous n'en donnerons, pour dernière preuve, qu'un rondeau de lui bien connu, mais que l'on retrouvera sans doute ici avec plaisir :

Le temps a laissé son manteau
De vent, de froidure et de pluie,
Et s'est vêtu de broderie,
De soleil riant, clair et beau.
Il n'y a bête ni oiseau
Qui en son jargon ne chante ou crie :
« Le temps a laissé son manteau. »
Rivière, fontaine et ruisseau
Portent en livrée jolie
Gouttes d'argent d'orfévrerie;
Chacun s'habille de nouveau,
Le temps a laissé son manteau.

On a vu au milieu de quels orages politiques Charles d'Orléans passa les premières années de sa jeunesse, et comment ce prince, ou plutôt ce poëte aimable, amené tardivement à combattre les Anglais, auxquels il s'était si imprudemment confié, fut fait prisonnier à la bataille d'Azincourt. Ses poésies, dont la composition paraît l'avoir particulièrement préoccupé pendant ses vingt-quatre ans de captivité, ont été l'objet de nos appréciations, et nous avons essayé d'en déterminer le véritable caractère et le mérite. Il reste maintenant à rapporter le peu de détails certains que l'on ait sur son séjour en Angleterre, sur sa rentrée en France, et enfin sur le genre de vie qu'il mena dans son pays natal où il ne mourut qu'en 1465, à l'âge de soixante-quatorze ans.

Nous avons laissé notre prince français captif et suivant, ainsi que ses compagnons d'infortune, Henri V traversant en triomphateur les rues populeuses de Londres, pour aller à Saint-Paul remercier Dieu de sa victoire. Fait prisonnier sur le champ de bataille par sir Richard Waller, Charles fut d'abord confié aux soins de ce chevalier, qui l'entretint honorablement, pendant quelque temps, dans son château de Groombridge; mais une lettre du prince, datée de mai 1416, sept mois après la bataille, apprend qu'il était alors au château de Windsor, où le roi d'Angleterre le fit loger, sous prétexte de lui faire honneur, mais au fond afin de le mieux surveiller. Pendant combien de temps est-il resté dans le château royal? on l'ignore; pour retrouver sa trace il faut aller jusqu'à l'année 1422, pendant laquelle il fut transféré dans celui de *Bolindbroke*, dont le chevalier Combwarth était gouverneur. Le trésorier de l'échiquier reçut l'ordre du roi d'Angleterre de faire payer au chevalier *vingt sous par jour*, pour l'entretien de son *très-cher cousin, le duc d'Orléans*, somme modique qui força le prince à faire venir de France des provisions de corps et de bouche pour vivre selon son rang.

Charles, quoique jeune, avait pris l'habitude de gouverner sa fortune avec beaucoup de prudence, et dès son arrivée à Londres il s'était occupé a faire rassembler en France tout ce qu'il avait de revenu, non-seulement dans l'espoir de payer sa propre rançon, mais pour s'acquitter de celles des otages qu'il avait eu l'imprudence de livrer aux Anglais lorsqu'il traita avec eux. Dans cette louable intention, le prince recommanda, par lettres patentes, de gouverner avec la plus stricte économie l'administration de son apanage, et fit venir en Angleterre des sommes immenses. Mais toutes ces affaires ne se traitaient pas avec ceux de ses serviteurs restés en France, sans que la cour d'Angleterre ne suscitât des difficultés interminables. Les plus pénibles étaient les conditions humiliantes que l'on imposait aux officiers de la maison de Charles, lorsqu'ils demandaient la permission de passer la mer pour apporter des fonds à leur maître; et cependant on faisait payer bien cher sa nourriture et son logement.

La mort de Henri V d'Angleterre, en août 1422, n'apporta aucun changement au sort du duc d'Orléans. En 1430, on le ramena à Londres où il fut remis à la garde du chevalier de Cornwall, qui se chargea de son entretien au prix de trois cents marcs par an. Mais le conseil d'Angleterre (le jeune Henri VI était alors à Paris comme roi de France) jugea cette somme beaucoup trop élevée, et fit mettre au rabais, par adjudication publique, la garde du prince français. Celui qui demanda le plus bas prix fut le comte de Suffolk, à qui on adjugea la commission, moyennant *quatorze sous et quatre deniers* par jour.

Faute de documents, nous ne pouvons indiquer les événements qui furent cause des alternatives de découragement et d'espérance qui agitèrent l'âme du noble prisonnier. Plus d'une fois les refus du gouvernement anglais d'entrer en négociation pour sa délivrance le jetèrent dans l'abattement; dans d'autres cas, l'espoir de voir conclure la paix et d'être rendu à la liberté réveillait son courage et sa bonne humeur. Tantôt il s'écrie, comme on l'a vu :

Ballades, chançons et complaintes
Sont pour moi mises en oubli.

Puis, à propos du faux bruit de sa mort, il dit gaiement :

Qu'encore est vive la souris.

Dans un de ses moments d'espérance, il compose une gracieuse ballade, commençant ainsi :

Priez pour paix, douce Vierge Marie,
Reine des cieux et du monde maîtresse :
Faites prier, par votre courtoisie,
Saintes et saints...
Priez pour paix le vrai trésor de joie...

Mais après avoir engagé sur ce ton grave les prélats, les princes à joindre leurs vœux aux prières de Marie, la muse de Charles, reprenant tout à coup son allure accoutumée, conseille aussi aux galants dont la bourse est dégarnie, aux amants captifs, forcés de vivre loin de leurs maîtresses de qui ils risquent d'être oubliés, de faire d'ardentes prières pour la paix. Quelle que soit la nature du sujet, le naturel aimable et gai du prince reprend toujours le dessus.

Les préliminaires de paix qui, selon toute apparence, avaient inspiré la ballade précédente, donnèrent lieu à mille difficultés, surtout lorsqu'il s'agit de la délivrance des prisonniers. Charles, en cette occasion, pour empêcher la rupture des négociations, se trouva réduit à faire les plus tristes concessions. Voulant obtenir la permission d'aller *de l'autre côté du détroit pour traiter de la paix*, il dut préalablement signer un acte par lequel il reconnaissait Henri VI roi de France et d'Angleterre, et ne traitait le roi Charles VII que de Dauphin viennois. Mais ces concessions humiliantes n'eurent même pas le résultat qu'il en espérait, et sa captivité continua.

Quelque temps après (1435), pendant le fameux traité d'Arras, où tous les princes de la chrétienté eurent des ambassadeurs, Philippe le Bon, duc de Bourgogne, s'étant détaché du parti des Anglais, se réconcilia avec le duc d'Orléans, qui se trouvait en ce moment à Calais [1]. La duchesse de Bourgogne, à qui les malheurs de Charles inspiraient le plus vif intérêt, mit alors tout en œuvre pour réaliser la délivrance de ce prince, que Jeanne d'Arc avait prédite [2]. Mais tous les efforts tentés par cette princesse échouèrent encore, et Charles, ramené de Calais en Angleterre, fut renfermé cette fois dans le château de Wingfed, où il passa successivement de la surveillance du comte de Suffolk sous celle du chevalier Cobham.

Ces espérances déçues rendirent l'impatience d'être mis en liberté si vive dans l'âme du prince que, l'année suivante, il autorisa le bâtard d'Orléans à aliéner de ses domaines jusqu'à concurrence de quarante-deux mille écus, et parvint à obtenir du gouvernement anglais la permission de retourner à Calais pour traiter de la paix. Les ducs de Bretagne et de Bourgogne, ainsi que le bâtard d'Orléans, se joignirent à lui dans cette ville et on signa, avec les ambassadeurs anglais, les premières bases d'un traité. L'adhésion des deux couronnes était indispensable, et cette affaire traîna encore en longueur. On l'obtint enfin le 21 mars 1439, et au mois de février de l'année suivante les premières conférences tenues à Gravelines eurent pour résultat la délivrance du duc d'Orléans.

La rançon fut fixée à la somme énorme de cent mille écus d'or. Le Dauphin et les plus grands seigneurs du royaume répondirent du payement, et le duc de Bourgogne, qui non-seulement s'était réconcilié avec Charles, mais voulait se l'attacher par des liens de famille, fut celui qui l'aida le plus généreusement en cette occasion. La duchesse de Bourgogne était venue aussi à Gravelines, d'où ces trois personnages se rendirent à Saint-Omer. Là, Charles d'Orléans fut fêté à la cour et reçu aux acclamations des habitants de la ville, charmés de le voir libre. Quoique ce premier accueil fût très-brillant, ces fêtes n'étaient que les préliminaires de celles qui allaient être célébrées. Le 16 novembre 1440, Charles d'Orléans fut fiancé à la nièce du duc de Bourgogne, Marie de Clèves. La pompe déployée pour la célébration du mariage dépasse tout ce que l'on peut imaginer en ce genre; et si quelque curieux désire en lire la descrip-

1. Plusieurs ballades de Charles d'Orléans font allusion à cette réconciliation. Elles commencent ainsi : — *Puisque je suis votre voisin.* — *Par hâte de mon passage...* — *Des nouvelles d'Albion.*

2. Procès de Jeanne d'Arc. Quicherat, tome III, page 99.

tion, il la trouvera dans une chronique contemporaine, celle d'Enguerrand de Monstrelet[1].

Bien que Charles eût près de cinquante ans, le bonheur de se sentir libre, son mariage avec une jeune princesse aimable et spirituelle, les fêtes brillantes dont on l'avait entouré, l'abondance de richesses où le faisait tout à coup nager son cousin de Bourgogne, et la satisfaction de parcourir la France au milieu de populations qui témoignaient tant de joie de le revoir, toutes ces prospérités inattendues firent naître en lui une ivresse bien naturelle. Quel contraste et quel changement en effet! La liberté après une captivité de vingt-quatre ans, des amis à la place de geôliers, le doux soleil de la France au lieu du climat triste et nébuleux de l'Angleterre! Ce fut au milieu de ces sensations délicieuses que Charles d'Orléans, emmenant sa jeune épouse, se dirigea vers Paris. Le duc de Bourgogne avait largement fourni tout l'argent nécessaire pour monter somptueusement la maison des deux époux, qui voyagèrent avec un train inusité. Accompagnés d'archers et de trois cents cavaliers, ce fut avec cet appareil que, depuis Gand, ils traversèrent les campagnes et les villes dont les habitants se pressaient en foule sur leur passage pour féliciter le prince de sa délivrance; et cet enthousiasme qu'avaient manifesté les provinces ne fut pas moindre lorsqu'ils entrèrent dans Paris.

Mais ce grand appareil de maison, ce cortége plus que royal, et les acclamations du peuple surtout, déplurent à Charles VII, qui se hâta de faire savoir au prince qu'il le recevrait volontiers, mais sans une suite si nombreuse et accompagné seulement de quelques serviteurs. La froideur de cet accueil, comparée aux récentes explosions de la joie publique, glaça le cœur du prince. Après avoir respectueusement rendu hommage au roi, il se retira immédiatement dans sa seigneurie d'Orléans et alla habiter le château de Blois.

Mécontent de la cour, mais ne pouvant se passer encore des félicitations que devait lui attirer sa rentrée en France, et obéissant à une vanité un peu puérile, Charles alla de son château de Blois faire des courses chez les ducs de Laval et de Bretagne, et chez beaucoup d'autres seigneurs qui possédaient des fiefs. Tous le comblèrent de prévenances amicales et lui donnèrent des fêtes les plus brillantes. Mais en réalité, sous le prétexte de revoir ses anciens amis, il n'était pas fâché

1. Chap. CCLIII, année 1440.

de connaître les véritables intentions de ceux qui, mécontents du roi comme lui, préparaient une de ces intrigues contre la couronne si communes en ce temps. On peut même considérer ces réunions de princes et de grands seigneurs à ce moment comme les préludes de cette échauffourée si fâcheuse que l'on décora plus tard du nom de *guerre du Bien public.*

Mais le temps n'était pas encore venu où elle devait éclater, et au printemps de 1443 un intérêt tout personnel absorba momentanément les préoccupations du duc d'Orléans. Philippe-Marie Visconti, duc de Milan, tomba malade assez gravement pour que l'on crût sa mort prochaine, quoiqu'elle n'ait eu lieu que trois ans après. Cet événement réveilla dans l'esprit de Charles l'idée de rentrer en possession du duché de Milan, sur lequel il avait des droits par sa mère Valentine Visconti, mariée par son père Galéas à Louis d'Orléans, père de Charles, à la condition que ce prince succéderait au duché de Milan après l'extinction de la postérité masculine des Visconti. Philippe-Marie n'avait point d'enfants légitimes, il était malade; la chance de faire valoir son droit se présentait donc sous un jour séduisant au fils de Valentine. Charles redoubla d'économie tant pour s'acquitter de ce qu'il devait encore pour sa rançon, que pour le cas où le moment viendrait de tenter une expédition sur le Milanais. Aussi, en 1447, lorsque Philippe-Marie Visconti mourut enfin, grâce à sa prévoyance, et à l'aide du duc de Bourgogne et du roi des Romains, il se trouva en mesure de lever une armée. Mais quoique le duc d'Orléans fût très-brave de sa personne, le ciel ne l'avait pas trempé pour les grandes entreprises. Il alla bien en effet jusqu'à Asti, dont le comté resta fidèle à sa cause; mais les longueurs d'une opération que fit définitivement manquer le vigoureux usurpateur de ses droits, le bâtard François Sforza, époux de la fille illégitime de Visconti, fatiguèrent la patience du prince français, qui laissa à un lieutenant dévoué, Louis de Montjoie, le soin de mettre la conquête du Milanais à fin, si la chose était possible; mais elle ne le fut pas.

Le 26 février 1450, le bâtard François Sforza était nommé duc de Milan par acclamation du peuple. Quant à Charles d'Orléans qui, on peut le croire du moins, avait été poussé à répéter ses droits sur Milan plutôt par les conseils ambitieux de son oncle le duc de Bourgogne que par sa propre volonté, il négligea, à compter de cette époque, les affaires politiques pour se laisser aller tranquillement au courant d'une vie toute littéraire, celle, au fond, qui s'accordait le mieux avec son caractère et la nature de son esprit. Il avait d'ailleurs atteint sa soixantième année, le repos lui était doux, sa veine poétique était toujours fertile; il vivait heureux avec sa femme et entouré de nombreux amis, versificateurs aussi passionnés, mais moins habiles que lui. Son château de Blois, où il avait formé une bibliothèque très-riche pour le temps, était donc une véritable cour selon son gré, où l'on passait tour à tour le temps à lire, à faire des vers, à rivaliser en l'art de bien dire, et à régaler les amis qu'on avait invités par de bons repas et par les divertissements que donnaient les ménestrels et les jongleurs.

Malheureusement le détail de ce qui se passait dans cette petite académie n'est pas bien connu; ce n'est qu'en se guidant sur un assez grand nombre de pièces de vers jointes dans les manuscrits à celles de Charles d'Orléans, que l'on peut se faire une idée de la constitution de ce Parnasse blaisois.

On compte plus de trente poëtes dont les ballades et les rondeaux sont adressés au duc, ou répondent aux questions poétiques que le prince avait proposées. Plusieurs de ces versificateurs appartiennent à de grandes familles; mais il en est d'autres plus humbles, qui indiquent que la qualité d'homme d'esprit était un titre suffisant pour être admis à la cour du prince. En général les productions de ces écrivains, ainsi que quelques-unes de leur illustre patron, brillent plus par l'élégance et la délicatesse de l'expression que par la variété et la force des pensées. A cette époque, l'art du poëte en France était comprimé par des formes si mesquines, qu'il n'aurait fallu rien moins que des génies tels que Dante et Pétrarque pour faire entrer des idées grandes dans des fourreaux aussi étroits et aussi courts que la ballade et le rondeau. A cette gêne, si l'on ajoute celle de terminer chaque stance par le même refrain, on s'explique la monotonie de ce genre de poésie, et l'habitude qu'il fait contracter de recourir aux recherches subtiles de l'esprit pour faire cadrer trois ou quatre fois de suite le même vers avec des idées différentes. Aussi est-il arrivé que les versificateurs de ce temps, Charles d'Orléans lui-même, n'ont ordinairement visé qu'à la subtilité et à l'élégance du langage.

On aurait tort toutefois de blâmer trop sévèrement un défaut auquel était liée une qualité précieuse pour le perfectionnement de notre langue. Il suffit d'avoir étudié les poëtes français qui ont fleuri avant le seizième siècle, pour les classer en deux parts bien distinctes : les uns, écrivains populaires, ayant pour eux l'originalité et la vigueur de la pensée, mais bravant le goût et l'honnêteté par la crudité de leurs images et de leurs expressions, tels sont les trouvères, les auteurs des fabliaux, Jean de Méhun, continuateur du *Roman de la rose*, et Villon, qu'on ne lit pas toujours sans rougir. A ces écrivains indépendants, il faut opposer une autre classe qui, admis dans les cours, ou même en faisant partie, ont subi le joug des bienséances et ont dû s'astreindre à ne blesser personne par la hardiesse des pensées et surtout par l'audace du langage. Dans ce dernier groupe de poëtes *courtisanesques*, se distinguent Guillaume de Lorris, auteur de la première partie du *Roman de la rose*, Thibault, comte de Champagne, et notre Charles d'Orléans dont le génie, comme on l'a vu, se montra plus propre à épurer la langue poétique de notre pays qu'à faire éclater dans ses vers des images et des pensées fortes et vigoureuses. Si l'on compare les chansons de Thibault aux poésies du duc d'Orléans, le pas que ce dernier a fait faire à la langue et à la versification paraît immense; tandis qu'en faisant le rapprochement des poésies du prisonnier d'Azincourt avec celles du poëte de Henri IV, Malherbe, on a de la peine à croire que plus de deux siècles se sont écoulés entre ces écrivains, tant le premier est près de la perfection du second.

Charles, aidé par un instinct délicat, est allé au-devant de la plupart des perfectionnements apportés à notre art poétique par Malherbe. Il sentit que l'inversion était antipathique à notre langue; son oreille lui commanda presque toujours de faire succéder alternativement les rimes masculines et les rimes féminines. Dans les combinaisons de vers de plus ou moins de syllabes, il montre parfois de la science et toujours un heureux sentiment de l'harmonie. Mais ce qui brille surtout dans ses poésies, c'est ce tact fin que l'on n'acquiert qu'au milieu d'une société choisie, dans celle des femmes surtout, qui le fit s'abstenir en écrivant de toutes pensées et de toutes paroles qui auraient pu blesser l'oreille et le goût. En un mot, il fut l'un des premiers et des plus excellents qui reconnurent le caractère définitif que devait recevoir la poésie en France, et contribuèrent à la rendre claire, sage et toujours élégante, telle que l'ont constituée Malherbe, Boileau et Racine.

Une collection nombreuse de ballades, de rondeaux et de chansons composés par les membres de la petite académie blaisoise[1] est jointe

1. Voici les noms de ces poëtes : Anne de Clèves, duchesse d'Orléans, P. de

aux poésies du prince qui l'avait formée. D'après plusieurs de ces pièces, on est autorisé à croire que Charles d'Orléans et quelques membres de la société proposaient tour à tour des sujets à mettre en vers, par exemple une proposition proverbiale. Nous donnons le résultat d'un de ces concours poétiques, où l'on s'appliquait plus à braver les difficultés si grandes encore de l'art d'écrire qu'à lutter de force réelle et d'imagination. Ce sont trois rondeaux dont voici le premier composé par Charles d'Orléans :

L'habit le moine ne fait pas,
L'ouvrier se connait à l'ouvrage,
Et plaisant maintien de visage
Ne montre pas toujours le cas.
Aller tout sobrement (*modestement*) le pas
N'est que contrefaire le sage.
Sens subtil couché par compas
Enveloppé de beau langage
Musse (*cache, éteint*) le vouloir de courage.
Cuider (*se trop confier*) déçoit en maints états;
L'habit le moine ne fait pas,
L'ouvrier se connait à l'ouvrage.

Le second rondeau est d'Anne de Clèves, duchesse d'Orléans :

L'habit le moine ne fait pas
Car quelque chère (*bonne mine*) que je fasse
Mon mal seul tous les autres passe
De ceux qui plaignent tant leur cas.
Souvent en dansant, je fais maints pas
Que mon cœur pris en deuil trépasse.
L'habit le moine ne fait pas.

Quant au troisième rondeau, celui de l'académicien Guiot Pot, la fin en est obscure, et je ne citerai que les premiers vers :

L'habit le moine ne fait pas,
Car tel n'est pas vêtu de noir
Qui a cause de se douloir (*plaindre*), etc.

Boulainvilliers, le cadet Dalebret, G. des Ourmes, Clermont, Benoît d'Amiens, Tignonville, Simon Cailleau, Faret, Jean monseigneur de Lorraine, Bourbon, jadis Clermont, Le Sénéchal, Blosseville, Me Berthault de Villebrune, Froigne, Le Voys, le duc de Bourgogne, A. de Guise, Guiot Pot, Robertet, Cadier, etc.

Ces pièces ne sont pas les seules faites sur un premier vers donné, et on trouve encore neuf autres rondeaux commençant ainsi :

En la forêt de longue attente, etc.,

dont les auteurs sont : Charles d'Orléans, la duchesse de Nevers, Frédet, Philippe Pot, Guiot Pot, Gilles, le bâtard de La Trémouille, etc.

Il faut signaler ici une coïncidence curieuse qui montre les efforts qui furent faits à cette époque pour perfectionner la langue française. En même temps que Charles d'Orléans présidait l'académie de Blois, le dauphin de France, Louis, en présidait une autre à Genape, dans le Brabant. A Blois, on débrouillait la langue poétique; à Genape, on épurait la prose. La mauvaise intelligence qui ne cessa de régner entre Louis et Charles VII son père, obligea ce dernier, en 1456, de donner l'ordre d'arrêter son fils. Averti à temps, le futur Louis XI s'enfuit dans le Brabant, où le duc de Bourgogne l'accueillit et lui donna pour résidence le château de Genape avec douze mille écus pour son entretien. Là, entouré de ses courtisans, le prince mena joyeuse vie, se livrant avec passion au plaisir de la chasse et cultivant les lettres avec non moins d'ardeur. Ses amis, gens d'esprit, composaient en prose des Nouvelles pour le distraire, et l'on pense qu'il y en a quelques-unes de lui dans le recueil des *Cent nouvelles Nouvelles*[1].

Tout concourt à faire croire que la plus grande partie des dernières années de la vie de Charles d'Orléans fut consacrée à la culture des lettres dans son château de Blois. Mais malgré son goût pour la retraite et les plaisirs de l'esprit, sa qualité de prince du sang le força plus d'une fois à rentrer dans la vie politique. Quoiqu'il ne paraisse pas avoir pris une part très-active à la révolte de la haute noblesse qui fomenta une guerre civile pour ses propres intérêts en la mas-

1. Voici les noms des écrivains qui ont pris part à Genape à la rédaction des *Cent Nouvelles nouvelles*. Monseigneur le Dauphin, monseigneur de La Roche. Phi. de Laon, monseigneur de Launay, M. Lamant de Bruxelles, monseigneur de Créqui, monseigneur Le Duc, Caron, monseigneur de Comessuram, monseigneur de Fiennes, P. de Saint-Yon, monseigneur de Fouquessoles, monseigneur de Beauvoir, M. de Changy, monseigneur de La Borde, monseigneur de Villiers, monseigneur de Lau, monseigneur de Saint-Pol, Mériadec, L'Écossais, Lavandière, monseigneur de Thieurges, P. David, Mahiot, d'Auquesnes, Poncelet, Montbléru, Le Larron, monseigneur Le Prevost de Vualstennes, Antoine de La Sale, auteur de 50 nouvelles Nouvelles et du joli roman de *Jéhan de Saintré*.

quant sous le prétexte du *Bien public*, il est à peu près certain cependant que depuis l'avénement de Louis XI au trône, en 1461, l'humeur haineuse et tyrannique de ce prince envers les nobles, auxquels il arracha tous leurs emplois, dut profondément déplaire à Charles. Quant au nouveau roi, il ne laissait échapper aucune occasion de faire sentir à son cousin l'éloignement qu'il avait pour lui.

Une circonstance de ce genre fut en quelque sorte cause de sa mort. Assistant aux états de Tours, il se laissa aller à un élan de générosité inspiré par une pensée de conciliation : il éleva la voix en faveur du duc de Bretagne, sur lequel Louis XI prétendait diriger toute la sévérité de l'assemblée. Le roi, sans égard pour l'âge et les infirmités du prince, l'interrompit en lui jetant dédaigneusement des paroles presque injurieuses. Charles ne put supporter cette offense; il se rendit aussitôt à son château de Blois, où il mourut quelque temps après, le 4 janvier 1465, à l'âge de soixante-quatorze ans.

Si l'expérience journalière ne nous apprenait pas que le caractère des hommes influe bien plus fortement sur leur destinée que les événements qui traversent leur vie, l'existence de Charles d'Orléans suffirait pour nous en convaincre. Né sur les marches du trône, mêlé dès son adolescence aux intrigues, aux haines politiques les plus ardentes, poussé par les événements à prendre les armes contre les Anglais avec lesquels il avait traité, et prisonnier chez eux pendant vingt-quatre ans, dans ces circonstances si diverses le poëte apparaît sans cesse. La poésie est son bonheur, sa vie, et il n'est pas jusqu'à l'espoir, momentanément assez bien fondé, de rentrer dans ses droits sur le duché de Milan, qu'il ne néglige pour aller retrouver à Blois le calme et les délassements qu'il chérit. Là, je ne dirai pas revenu, mais débarrassé d'une entreprise où l'avaient engagé son nom et une ambition étrangère, il revint vivre de sa véritable vie, au milieu de sa famille, près de sa bibliothèque, entouré de ses amis poëtes, et gouvernant en paix sa petite académie.

Nul homme, portant un si grand nom et ayant vécu au milieu d'une cour et d'un pays agités par tant d'événements extraordinaires, n'est peut-être resté aussi étranger aux appâts de l'ambition que Charles d'Orléans. On peut même douter qu'il ait pensé à s'illustrer par ses vers. Chez lui, composer était le résultat d'un instinct plus impérieux que ses autres facultés, et si l'on en juge au moins par les années passées à Blois, le repos studieux de l'homme de lettres semble avoir été ce qui s'accordait le mieux avec les goûts et les désirs du prince. Si, comme il est permis de le supposer, Charles préférait les satisfactions intérieures que procurent les occupations littéraires, au renom si souvent disputé d'auteur fameux, ses modestes désirs ont été bien longtemps respectés ; car malgré l'orgueil qu'eussent dû naturellement tirer Louis XII et François Ier d'avoir eu un tel poëte dans leur famille, les vers de Charles d'Orléans semblent avoir été inconnus à ces deux rois amis des lettres. Au surplus, l'oubli profond où sont restés les manuscrits de Charles d'Orléans a duré jusque vers le milieu du siècle dernier, et sans un de ces savants qui aiment et respectent les antiquités, peut-être ne les connaîtrions-nous pas encore. Cette précieuse découverte est due à l'abbé Sallier, bibliothécaire des manuscrits du roi, qui le premier fit connaître les poésies du prince en 1734.

II

JACQUES Ier D'ÉCOSSE

La vie de Jacques Ier d'Écosse, dont nous allons raconter les aventures, a bien quelques rapports avec celle de Charles d'Orléans; cependant elle diffère en plus d'un point. Si de tristes circonstances ont troublé, bouleversé même la vie extérieure du prince français, la douceur de son naturel semble, à en juger au moins par ses vers, avoir donné une certaine mansuétude habituelle à son âme et à son esprit.

Il n'en est pas précisément ainsi de Jacques. Prisonnier des Anglais au sortir de l'enfance, il est bien jeune encore bercé dans la tour de Windsor par le rêve d'amour le plus romanesque. Profondément amoureux, après avoir chanté son rêve en vers, il le transforme en réalité et, après vingt ans de captivité, dès qu'il est remonté sur le trône de ses pères, il épouse et couronne celle qu'il n'a pas cessé d'aimer, devient un roi sage, véritablement grand, et meurt lâchement assassiné après avoir jeté les premières semences de civilisation dans l'Écosse sa patrie. Mais n'anticipons pas sur notre récit; jetons d'abord un coup d'œil rapide sur les événements et sur les personnages politiques auxquels les aventures du prince écossais se rattachent.

Jacques est le troisième prince de cette famille des Stuarts, qui, après avoir régné sur l'Écosse, passa ensuite sur le trône de la Grande-Bretagne où elle fut si cruellement traitée dans la personne de Charles Ier. Jacques était le second fils de Robert III, couronné en 1310. Robert, prince très-pieux mais dont la douceur dégénérait en faiblesse, se reposait du soin de gouverner son royaume sur son frère le duc d'Albany, homme ambitieux et rusé, à qui tous les moyens de satisfaire son ambition étaient bons. L'autorité que le roi lui avait laissé prendre ne tarda pas à lui donner l'idée de se rendre maître absolu du pouvoir. Pour arriver plus sûrement à ce but, le duc prépara tout pour se défaire de ses deux neveux, héritiers de la couronne, le duc de Rothsay, fils aîné du roi, et le plus jeune, Jacques, le héros de cette histoire.

Le duc de Rothsay, jeune homme frivole, abandonné aux plaisirs, causait beaucoup de chagrins à son père dont les principes de morale étaient extrêmement sévères. De là naissaient de fréquentes altercations entre Robert et son fils. Loin d'intervenir en pacificateur en ces occasions, le duc d'Albany en profitait au contraire pour entretenir une mésintelligence dont il comptait bien profiter. Il montrait Rothsay à son père comme un jeune homme dont les défauts étaient incorrigibles, et envers lequel il fallait agir avec la plus grande sévérité. Le faible Robert, se confiant aux conseils de son frère, le laissa veiller à la prétendue réformation de Rothsay. Ce frère fit d'abord faire au jeune prince un mariage qui ne changea en rien ses habitudes de libertinage, et à quelque temps de là, sous un prétexte frivole, il fit rendre un jugement en vertu duquel le jeune prince fut arrêté, lui, l'héritier de la couronne! Le duc d'Albany, qui vraisemblablement avait fabriqué cette sentence, en confia l'exécution à un misérable qui surprit le jeune prince pendant qu'il faisait un voyage d'agrément, et le conduisit au château de Falkland appartenant au duc. Là, par une suite habilement ménagée de traitements de plus en plus cruels, le malheureux Rothsay mourut lentement de faim.

Le roi Robert, vieux, infirme et presque tombé en enfance, n'eut qu'une connaissance très-imparfaite des détails de cet affreux événement, et tout ce qu'il lui resta d'intelligence et de sensibilité se reporta sur son jeune fils Jacques, âgé alors de onze ans [1]. Averti par quelques conseillers fidèles que le fils qui lui restait courait la chance d'éprouver le même sort que son frère Rothsay, Robert prit la résolution d'envoyer Jacques en France sous prétexte qu'il y recevrait

1. A quelques années près, la date de la naissance de Jacques Stuart n'est pas exactemeut fixée. En admettant, comme quelques historiens, qu'il eût onze ans en 1404, époque de la mort de son frère Rothsay, il serait né en 1393, et par conséquent presque du même âge que Charles d'Orléans qui est de 1391.

une éducation plus soignée, mais au fond pour sauver la vie de son fils et donner en même temps au roi Charles VI un témoignage de confiance qui resserrât encore davantage les liens d'amitié qui unissaient depuis longtemps la couronne de France à celle d'Écosse.

On fréta un bâtiment près d'un îlot, ou plutôt d'un rocher inaccessible, appelé Bass, du comté d'Haddington, et le jeune prince s'embarqua avec le comte d'Orkney et d'autres personnes à qui il avait été confié.

Il existait alors entre l'Écosse et l'Angleterre un traité de paix; mais Henri IV, usurpateur de la couronne qu'il portait, n'était rien moins que scrupuleux sur l'observation des engagements qu'il avait pris avec ses voisins. Toujours attentif à ce qui se passait en Écosse, dont il convoitait la possession ainsi que ses prédécesseurs, il y entretenait des espions qui le tenaient au courant des moindres événements de la cour de Robert. Ce fut par ce moyen et même, dit-on, par les avis du duc d'Albany, que le départ du prince Jacques pour la France fut signalé au monarque anglais. Celui-ci, violant ouvertement la foi des traités, fit enlever l'enfant royal sur la côte, d'où il fut conduit aussitôt à Londres.

Ce fut un nouveau et terrible coup pour le cœur de Robert. En vain il invoqua les traités, et, dans sa douleur, alla jusqu'à adresser les prières les plus touchantes à Henri; rien ne put faire fléchir la politique cruelle du prince anglais. Accablé par son désespoir, le malheureux roi d'Écosse mourut peu de temps après.

Le jeune prince fut d'abord enfermé dans la tour de Londres, où il demeura deux ans; de ce lieu, on le transféra au château de Nottingham, puis enfin à celui de Windsor qui, depuis ce moment, paraît avoir été sa résidence pendant ses vingt ans de captivité en Angleterre. Un otage si précieux, sur la possession duquel on fonda tout aussitôt des espérances brillantes, devint naturellement l'objet des soins les plus attentifs. On lui donna pour gouverneur et précepteur sir John Pelham qui, outre les qualités d'un parfait gentilhomme, possédait des connaissances très-variées dans les lettres et les sciences. Aussi l'éducation et l'instruction que reçut Jacques furent-elles extrêmement soignées. Pour développer ses forces et l'entretenir en bonne santé, on lui fit apprendre tous les exercices du corps, et le jeune prisonnier, qui était naturellement adroit et vigoureux, devint très-habile à l'escrime. Quant à la culture de son esprit, on lui enseigna le grec, le latin qu'il parvint à écrire aisément, puis la philosophie telle qu'on la professait alors. A ces connaissances fondamentales, on lui fit ajouter celles des arts d'agrément qui lui devinrent si précieuses pendant sa longue captivité. On cultiva, on encouragea même le goût naturel qu'il montra pour la poésie; on lui apprit la musique scientifique et pratique, art, disent les historiens, qu'il cultiva avec tant de persévérance et de bonheur, que, de retour en Écosse et devenu roi, il composa les paroles et la musique de chansons populaires dont la tradition n'est peut-être pas encore complétement effacée.

Ces soins particuliers d'Henri IV pour l'éducation de son prisonnier étaient le résultat d'un calcul politique profondément médité. On voulait donner à Jacques, tout jeune encore, les habitudes, les goûts et jusqu'aux intérêts de la nation anglaise, et le façonner de telle sorte que l'on en pût faire, dans un temps donné, une espèce de vice-roi d'Écosse, disposé à servir la politique des Anglais dans ce pays.

Au moyen de cette éducation recherchée, la cour d'Angleterre se flattait donc de *britanniser* facilement l'esprit du prince Jacques. On prétendit à plus encore : on voulut que son cœur devînt anglais, et pour opérer cette importante métamorphose, on ourdit avec beaucoup d'adresse une petite intrigue qui, cependant, en fin de compte, tourna au profit du prisonnier et nullement à celui de l'Angleterre.

Le prince lui-même va nous donner des détails sur cette histoire romanesque; car, relégué dans sa tour, livré le plus souvent à ses réflexions solitaires, l'esprit d'ailleurs orné des ouvrages poétiques qu'on lui avait fait lire, et ressentant les premiers feux de l'amour, il a composé pendant les premières années de sa captivité un ouvrage en vers où il a déposé l'expression de ses sentiments les plus intimes. C'est un petit poëme en six chants, en vers écossais, d'où nous essayerons d'extraire, en les traduisant, les morceaux les plus saillants, ceux surtout où le prince-poëte a exprimé avec le plus d'originalité et de bonheur ce qu'il a pensé et senti dans sa prison.

CHANT PREMIER.

Jacques est dans sa prison, et le poëme commence ainsi :

STROPHE II[1]. — Lorsque seul sur mon lit, un peu avant que le

1. Chaque stance de sept vers à rimes croisées est numérotée, et nous avons

sommeil m'eût quitté, il me roula mille pensées diverses dans l'esprit, sans que je pusse en régler le cours, et que, malgré tous mes efforts, il me fut impossible de me rendormir... prenant le parti le plus raisonnable, j'ouvris un volume et me mis à lire.

L'ouvrage choisi par Jacques est le livre de morale le plus en vogue de son temps, celui de Boëce : *De la consolation de la philosophie ;* aussi le royal lecteur est-il naturellement conduit à faire des réflexions sur l'instabilité des choses humaines, et sur les dangers de toute nature auxquels l'homme est exposé pendant sa vie. Il dit donc :

VIII. — La nuit me paraissait longue; mes yeux commençaient à se fatiguer à force d'étudier. Je fermai mon livre, le plaçai sous mon chevet et m'étendis sur mon lit. Mais ne pouvant dormir, je roulai dans mon esprit cette matière nouvelle pour moi, à savoir : comment il se fait que les conditions de la vie de l'homme changent au gré de la fortune?

IX. — En réalité, c'est au moyen de sa roue vacillante que chaque homme grimpe sur le théâtre où il doit paraître; et souvent, lorsque le pied manque sur cette roue qui tourne, les uns vont en haut, les autres en bas. Le rang, l'âge n'offrent pas plus de garantie au prince qu'au page, tant la fortune distribue ses dons d'une manière bizarre, surtout à la jeunesse qui trouve rarement un appui.

Ici les réflexions du poëte sont interrompues par le son d'une cloche que Jacques prend pour un ordre du ciel, auquel il doit obéir. Il saisit une plume, fait une croix sur son papier et commence son poëme. Ce chant, qui n'est, comme on en peut juger, qu'une introduction, se termine, comme il a commencé, par des réflexions morales qui caractérisent la tournure grave de l'esprit du prisonnier de Windsor. Naturellement préoccupé de sa cruelle destinée, le poëte continue de se plaindre :

XIV. — La jeunesse sans consistance, fruit non mûr, exposée aux caprices de tous les vents, ressemble aussi à l'oiseau nourri encore dans son nid, et qui ne peut voler à cause de la faiblesse de ses forces et de l'indécision de sa volonté. Ainsi la jeunesse est

reproduit les numéros des stances traduites afin que l'on pût vérifier plus facilement l'exactitude ou les fautes de la traduction. Le titre écossais du poëme est *King's Quair,* le cahier, le livre du roi.

exposée à la bonne et à la mauvaise fortune; ah! si elle pouvait savoir quelles peines, quels chagrins elle aura à supporter, que de pleurs elle verserait!

XV. — Ainsi, ce serait donc dans l'imprévoyance que l'on trouverait la sécurité! Il manque à la jeunesse un guide : ainsi le vaisseau sans gouvernail va donner sur le roc qui doit hâter sa destruction.....

XVI. — Ce que je viens de dire, je le pense de moi comme des autres. Quoique la nature ait assez favorablement partagé ma jeunesse, cependant ma raison manquait de maturité, mon esprit d'expérience pour gouverner ma volonté, lorsque je commençai à me débattre sans gouvernail, pour faire tête aux orages de ce monde. Or, c'est ce que je vais vous raconter.

CHANT II.

Au moment où s'ouvre le second chant, le poëte, faisant trêve aux réflexions tristes, obéit à des inspirations plus riantes et débute ainsi :

I. — Au printemps plein de puissance, quand la nature reprend son empire; que le froid cruel et les inondations ont cessé de faire sentir leur triste influence; quand Apollon fait déjà lever dans l'orient un matin plein de suavité et dirige, en montant, sa course vers le signe du Bélier,

II. — Puis que, passé midi, il étend ses brillantes ailes d'ange sur la terre, répand du haut du ciel tout ce qui peut charmer les yeux; et qu'avec le chatouillement de sa chaleur, il ouvre les tendres fleurs qui, dans leur joie, le remercient dans leur langage;

III. — J'étais à peine sorti de l'état d'innocence, lorsque, par l'effet de la volonté divine ou par toute autre cause que je ne puis dire, je fus enlevé de mon pays par des personnes qui, par sollicitude pour moi, voulurent me faire passer la mer. Là commencent mes tristes aventures.

IV. — Pourvus de tout ce qui nous était nécessaire, favorisés par un bon vent levé dès le matin, nous ne tardâmes pas à aller vers le vaisseau, et nous partîmes entourés d'amis qui nous recommandèrent à la protection de saint Jean. C'est entourés de ces encouragements que nous mîmes à la voile et commençâmes notre voyage.

V. — En roulant de ci de là sur les vagues, nous fûmes si malheureux en ce jour que, malgré un temps très-beau, nous fûmes, pour le dire en peu de mots, faits violemment prisonniers par nos ennemis qui nous conduisirent dans leur pays. La fortune ne voulut pas que notre voyage eût d'autre issue.

VI. — Durant le temps que je demeurai en prison, gardé étroitement, seul, sans aucun soulagement de mes chagrins, et menant une vie dont le cours triste et pesant était si différent de celui que j'avais suivi jusque-là, la seconde sœur (la Parque) a tordu son fil pendant l'espace de dix-huit années, jusqu'au moment où Jupiter voulut bien m'accorder sa merci et mettre quelque relâche à mes maux.

VII. — Souvent, tandis que, étroitement gardé, je voulais pleurer ma vie de mort chargée de peines et de douleurs, « qu'ai-je fait, disais-je? De quoi me suis-je rendu coupable pour que j'aie perdu la liberté et le bonheur en ce monde? Tous ceux que je vois jouissent pleinement de leur existence; pourquoi suis-je une créature séparée de toutes les autres? Pourquoi ma destinée est-elle si dure?

VIII. — L'oiseau, la bête sauvage, le poisson dans les eaux, tous vivent en liberté selon leur nature; et moi, homme, je suis privé de ce bien! Quelle faute ai-je commise? quelle raison peut-on trouver, pour que la fortune ait agi ainsi à mon égard?

XI. — Seul, pleurant ainsi dans ma chambre, ayant perdu tout espoir de soulagement et de joie, dans l'excès du chagrin que me causaient ces pensées accablantes, je me dirigeai précipitamment vers la fenêtre pour regarder les gens qui allaient et venaient dehors. Quoiqu'en ce moment la joie ne pût être une nourriture pour mon cœur, j'éprouvai cependant un certain plaisir à être témoin de celle que goûtaient les autres.

XII. — On avait pratiqué alors dans un renfoncement près du mur de la tour un beau jardin, avec un berceau entouré de palis assez élevés, mais peu gros. Ce lieu, protégé par ce treillis entremêlé d'aubépines, permettait cependant que quelqu'un s'y promenant pût être aperçu.

XIV. — Là, sur une branche légère, se tenait le délicat et doux rossignol, chantant de sa voix haute et claire, tantôt fort, tantôt doucement, les hymnes consacrés à l'amour; tellement que les jardins, les vallées et même les collines retentissaient de ses douces chansons dont voici le sens :

XV. — O vous, amants! rendez hommage à ce mois de mai, car avec lui le temps de votre bonheur commence! Chantez donc avec nous : « Loin, loin de nous, Hiver, va-t'en ! Viens, Été, oh ! viens avec le soleil et la douce saison ! Oui, amants, vous avez gagné votre ciel; levez donc tous amoureusement la tête et remerciez l'Amour qui vous protége ! »

XVI. — Lorsque les oiseaux eurent achevé leur chanson, ils se tinrent en repos pendant quelque temps; et sans témoigner aucune crainte de ce que je les regardais, ils sautaient de branche en branche, s'ébattant, lissant leurs plumes aux rayons du soleil, et remerciant l'Amour de ce qu'ils avaient plu à leurs compagnes.

A la suite de cet hymne, adressé au printemps et à l'automne, le prisonnier retombe dans les réflexions sérieuses. Il se demande si ce bonheur qu'amour donne à ceux qui lui sont dévoués est réellement un effet de sa puissance, ou si tout ce que nous croyons éprouver n'est qu'une fantaisie, un rêve, une émotion imaginaire. J'étais dans cet état d'incertitude, dit-il,

XXI. — Lorsque, dirigeant de nouveau mon regard dans le jardin, j'aperçus, se promenant au bas de la tour pour se distraire, la plus belle, la plus fraîche jeune fleur que j'aie jamais rencontrée jusqu'à ce jour; ce qui me causa aussitôt une telle défaillance que tout mon sang reflua vers mon cœur.

XXII. — Quelle qu'ait été mon émotion, pourquoi s'en étonnerait-on? Mes esprits étaient tellement dominés par le charme et le plaisir que j'éprouvai après l'avoir aperçue, qu'à l'instant même mon cœur devint librement et pour toujours son esclave, car il ne se manifesta pas le moindre signe de colère et de menace sur son gracieux visage.

Ces stances ne sont pas un simple jeu de l'esprit et de l'imagination du jeune prisonnier, comme on pourrait le penser. C'était bien une jeune et belle personne que Jacques voyait de la fenêtre de sa tour, et en réalité la belle promeneuse ne fut pas longtemps indifférente aux attentions du jeune prince. Les deux amants (car ils ne tardèrent pas à le devenir et la chose eut une fin très-sérieuse, comme on le verra), en se livrant avec innocence au plaisir de se voir et aux espérances vagues que leur amour faisait naître, ne se doutaient guère alors qu'on les avait ainsi rapprochés, sans qu'ils pussent se joindre, dans un but politique conçu d'abord par Henri IV, le ravisseur de Jacques, et poursuivi avec ténacité par Henri V qui, non content de méditer la conquête de la France, jetait toujours, ainsi que ses prédécesseurs, un œil d'envie sur l'Écosse. Aussi n'était-ce pas une beauté vulgaire que l'on faisait promener dans le jardin situé au bas de la tour de Windsor : c'était Jane, descendue par son père, le comte de Sommerset, d'Édouard III, et par sa mère, Margaret Holland, d'Édouard Ier.

On peut donc se rassurer en lisant les vers de Jacques d'Écosse : ce n'est pas de la poésie creuse, ne répondant à rien de vrai, comme cela arrivait si souvent dans les élégies des poëtes de profession qui, à cette époque, chantaient les charmes ou les rigueurs de femmes imaginaires. Jacques était très-sincèrement amoureux de la jeune et gracieuse Jane de Sommerset; et ce sentiment si bien justifié par les hautes et solides qualités de celle qui l'inspira a duré autant que la vie du prince. Un amour vrai, fondé sur une estime réciproque et auquel la mort seule a mis un terme, est chose si rare, qu'on lit avec un vif intérêt les témoignages écrits qui en restent parce qu'on les sait sincères et qu'on y sent encore la chaleur de l'âme et du cœur qui les ont dictés.

Nous avons laissé notre poëte atteint par l'amour, mais s'étant aperçu cependant que les regards de Jane ne lui avaient pas été hostiles. Nous glisserons sur quelques stances où l'amant avoue que son esprit, son cœur et sa volonté ont tout à coup changé de nature. Dans son admiration pour la belle Jane, il s'étend en de longues descriptions sur ses perfections de tous genres et même sur sa riche toilette; puis, saisi tout à coup d'un enthousiasme pindarique, il adresse un hymne à la *brillante Vénus*. Après cet écart poétique, il rentre dans une voie plus simple, plus naturelle, et continue ainsi :

> XXXIV. — Lorsque cette fervente prière fut terminée, je demeurai quelque temps immobile; puis après, je dirigeai tristement mon regard vers le jardin, où je la vis avec son petit lévrier qui, agitant ses grelots, courait et jouait auprès d'Elle. Alors je fus près de dire en soupirant à la vue de ce petit animal : « Heureux celui qui se trouverait en pareille condition ! »
>
> XXXV. — Quelque temps après, je grondai le rossignol qui perchait sur les branches : « Pourquoi, lui disais-je, après avoir chanté d'amour ce matin, as-tu fait ta chanson si courte? Ne vois-tu pas qu'Elle est là? Pour l'amour de la belle Vénus, chante encore et porte la joie dans le cœur de ma dame. »

A cette invitation, l'oiseau répond en chantant sur un ton triste les aventures de Procné; alors Jacques lui répond :

XXXVIII. — O petit malheureux ! ne vois-tu pas qui est là ? Et est-ce le moment de s'affliger ? Quelle triste pensée est donc venue t'assiéger ? Ouvre ton gosier ! Es-tu las de chanter ? Hélas ! puisque tu es pauvre de sentiment et de raison, aimable oiseau, fais-nous entendre quelques-uns de tes doux gazouillements, car je meurs de chagrin ; il me semble que tu t'endors.

XXXIX. — N'as-tu plus le sentiment de l'amour ? Où est ta compagne ? Es-tu malade ou frappé de jalousie ? Celle que tu aimes est-elle morte, ou t'a-t-elle abandonné ? Quelle est la cause de ta mélancolie, que tu n'as plus le désir de chanter ? Paresseux ! fi ! fi ! Là, près d'Elle était ton heure qui t'aurait valu plus que tous les travaux de ta vie !

XL. — Si jamais tu as bien chanté, c'était, en vérité, l'occasion et le lieu propres pour te faire entendre. Qu'en sais-tu ? Quelque oiseau peut venir qui te disputera la supériorité du chant ; céderas-tu alors ? Hélas ! ce serait une grande honte pour toi. Ici tu peux avoir le bonheur d'être agréé pour toujours ; c'est donc le moment ou jamais de te produire.

XLII. — Le rossignol ne tarda pas à se faire entendre et une foule d'oiseaux vinrent se joindre à lui. En écoutant leurs chants joyeux, mais surtout en jouissant de la douce présence de ma dame, mon esprit devint si léger, si subtil, qu'il me sembla que je volais de joie sans rencontrer d'obstacles.

Après ce premier concert, le poëte adresse un hymne à la reine de son cœur ; puis, les habitants de l'air, tout en sautillant de branche en branche et en lissant leur plumage, chantent de nouveau en chœur pour rendre hommage à l'amour et au printemps qui les rendent si heureux.

XLVII. — Telle fut, ajoute l'amant, leur chanson pleine d'élévation, dont les accents étaient modulés avec le plus grand art. Mais ce qui me toucha particulièrement fut son regard qu'Elle leva, comme si Dieu eût voulu que je visse dans tout son calme majestueux ce visage formé par l'Amour.

XLVIII. — Cependant elle se mit en marche, et lorsqu'elle se fut enfoncée sous le berceau, elle tourna sa fraîche et belle figure, blanche comme la neige, puis continua son chemin. A ce moment où je la vis disparaître sans pouvoir la suivre, un chagrin affreux s'empara de moi ; il me sembla que le jour était changé en nuit.

CHANT III.

De la réalité, notre poëte prisonnier s'élance dans un monde imaginaire, dont le caractère mixte participe à la fois du christianisme, dans lequel Jacques avait été soigneusement élevé, et de la mythologie païenne dont son esprit s'était imbu en étudiant les auteurs de l'antiquité sous la direction de son savant gouverneur, sir John Pelham. On trouve aussi dans cette partie du poëme quelques reflets des poésies de son prédécesseur, G. Chaucer, qu'il cite et reconnaît pour son maître, et à l'imitation du *Roman de la Rose,* Jacques fait grand usage des personnifications de vertus et de vices. Il faut donc s'attendre à un amalgame souvent assez bizarre d'idées contraires, d'images incohérentes, telles du reste qu'elles se présentaient aux meilleurs esprits lorsque la renaissance à son aurore causait un mélange confus des croyances de l'ancien monde et de celles du nouveau. On a déjà vu que Charles d'Orléans ne se faisait aucun scrupule de mettre en scène dans ses poésies les personnifications du moyen âge avec les divinités du paganisme, et, quand nous rencontrerons les mêmes abus dans le poëme de Jacques d'Écosse, nous aurons pour tous deux la même indulgence, puisqu'ils obéissaient à un goût généralement répandu de leur temps.

Pendant son sommeil, Jacques, déterminé à pénétrer jusqu'à la sphère de l'amour, est bientôt transporté en songe jusqu'à l'empire de la puissante Vénus. En parcourant les abords du palais de la déesse, il rencontre sous les portiques des amants de tous les pays qu'il compare aux martyrs et aux confesseurs de la foi. Quelques personnages allégoriques lui apparaissent aussi, puis il se trouve en présence de ceux qui ont chanté l'amour : Homère, Virgile, Ovide. En quittant ces poëtes, le voyageur arrive dans un lieu comme les Champs Élysées où sont rassemblés des jeunes gens qui se livrent à diverses récréations.

XIII. — Hélas ! dit-il alors, en les considérant, ce sont ceux qui dans la force de l'âge ont suivi l'Amour de différentes manières et ont trouvé la mort dans des cas très-divers. Les uns ont succombé au chagrin d'avoir perdu leur amie, les autres en combattant pour leurs dames.

XV. — Quant à ceux que l'on voit plus bas, se tenant droit, la tête couverte d'amples capuchons, ils ont été moines autrefois, et à la faveur de cet habit ils ont caché leur conduite au monde. Ils ont servi l'Amour, mais en secret. Aussi est-ce à cause de cela, hélas! qu'ils baissent leur capuchon!

XVI. — Car bien qu'ils aient été téméraires en agissant ainsi, c'est en secret qu'ils ont sacrifié à l'Amour; et l'œil du monde n'en a rien vu. Aussi leur hommage a-t-il été à moitié lâche; ils ont d'abord renié l'Amour, puis ils se sont repentis. C'est par honte qu'ils font tomber leur capuchon sur leurs yeux.

XVII. — Voyez-vous maintenant cette longue file marchant derrière le rideau du Plaisir? Quelques-uns d'entre eux, cependant, ont respecté les lois. Retenus par des amis, ils ont évité le blâme. Ils se sont sincèrement lavés dans le cloître des amours de leur jeunesse; aussi se sont-ils réconciliés et ont-ils effacé les fautes qu'ils avaient commises.

D'autres victimes de l'amour attirent encore l'attention du poëte, entre autres ceux qui ont imprudemment disposé de leurs corps, tandis que leur âme les entraînait vers des attachements d'une tout autre nature. Enfin, lorsque la revue des amants qui errent autour du palais de Vénus est achevée, le songeur arrive jusqu'au trône de l'Amour.

XXI. — Dans un siége d'honneur, continue le poëte, je vis Cupidon, le dieu aveugle, assis. Son visage se détachait sur des ailes richement empennées. De sa main il tenait un arc tout bandé et prêt à jouer; et près de lui, on voyait dans un carquois trois flèches dont les pointes étaient forgées de différents métaux.

XXII. — Avec la première, dont le dard est d'or, il blesse à peine et l'on guérit promptement. La seconde, en argent, fait des blessures déjà plus graves; quant à la troisième, qui est d'acier, lorsqu'on en est atteint, il n'y a pas de guérison possible.

XXIII. — Un peu plus loin, dans une retraite de peu d'étendue, décorée de soupirs, non de ceux qu'exhalent les cœurs malheureux, mais de ces soupirs tels qu'en laissent éclater les amants satisfaits, je trouvai Vénus sur son lit, ayant un manteau jeté sur ses épaules. Tel était l'habillement de la déesse du Plaisir.

XXIV. — A la porte se tenait *Bel-Accueil*, son huissier, prêt à remplir sa fonction avec prudence et adresse. *Discrétion* était sa diligente chambrière, faisant son service à propos, et après elle venaient d'autres serviteurs que je ne puis indiquer.

XXVI. — Grande reine d'Amour, dis-je alors, étoile de bienveillance, princesse pleine de pitié, astre protecteur, vous qui conjurez les méchancetés et les violences en vous montrant, souffrez que mon humble requête soit accueillie par votre grâce ; car, pour trouver un secours et un appui sûr, on ne peut s'adresser plus haut qu'à vous !

XXIX. — Si j'ai vécu longtemps étranger à vos lois, c'est par ignorance, non par félonie. Que votre grâce daigne donc changer mon cœur pour que désormais il vous serve toujours...

Vénus, en répondant à son suppliant, l'engage à prendre patience, à ne pas oublier sa condition de prisonnier. Elle lui fait observer, en outre, que la grâce qu'il lui demande dépend autant de son fils que d'elle ; qu'après tout, bien que le gouvernement de l'empire amoureux lui soit confié, les lois qui le régissent sont cependant subordonnées à d'autres *lois éternelles*, et que de toutes les choses qui doivent se succéder dans l'avenir, DIEU seul en a connaissance. A la suite de ce discours, où Vénus semble s'être laissé tant soit peu entamer par le christianisme, le poëte se donne une leçon d'humilité en exaltant la supériorité des mérites et de la haute naissance de sa dame, comparativement aux faibles avantages qu'il possède. Mais Vénus reprend la parole pour soutenir le courage du songeur et lui conseiller d'aller consulter Minerve. Le poëte obéit, et, sous la conduite de *Bonne-Espérance*, l'une des suivantes de Vénus, il part pour aller se présenter à la déesse de la Sagesse, ce qui termine le troisième chant.

CHANT IV.

Patience, le portier du palais de Minerve, sans faire aucune question à l'arrivant, l'introduit auprès de la déesse. Après avoir entendu la courte requête de Jacques, Minerve, encore un peu plus ferrée que Vénus sur les principes de la morale chrétienne, lui tient ce langage :

VI. — Hélas ! mon cher fils, considère que si ton amour n'a pour objet que le plaisir des sens, toutes les démarches que tu as faites et que tu fais encore ici seront vaines ; et qu'en dernière analyse, ta folie se résoudra en chagrin et en repentir. Hélas ! sais-tu pourquoi ? C'est que si tu ne couvres pas ton amour de ta vertu, ton amour deviendra la cause de mille fautes.

X. — Toute chose a son temps, dit l'Ecclésiaste ; et celui-là est prudent qui sait bien employer le temps. Car « qui court trop vite, dit le Sage, ne peut rien attraper » et il arrive souvent que la bonne fortune est amenée par un bon esprit. C'est pourquoi si tu veux être vraiment heureux, fais que la sagesse soit toujours unie à ta volonté.

XI. — Il y a un grand nombre d'hommes légers, inconstants, qui feignent pendant quelque temps un amour sincère, mais qui emploient leur esprit et mettent tout leur plaisir à tromper une pauvre et innocente femme, pour satisfaire leurs honteuses passions. Contrefaire ainsi la sincérité est une lâche trahison faite à l'ombre de l'hypocrisie.

XII. — Car ainsi que l'oiseleur en sifflant de différentes manières contrefait l'oiseau blotti, pour son malheur, dans son nid, et imite les sons les plus doux jusqu'à ce que le pauvre animal soit pris dans sa retraite; de même de mauvais garnements, à l'aide d'une doucereuse trahison, s'emparent de leurs victimes.

XIII. — Fi de telles gens ! Fi de leur duplicité, de leur appétit bestial, de leurs paroles de renards contrefaisant celles de l'agneau, de leurs pensées noires cachées sous des paroles blanches; fi de leurs intrigues et de leurs plaisirs; car, extérieurement, ils font tout pour l'honneur des femmes, tandis qu'au fond du cœur leurs adorations ne sont que mensonges.

XIV. — Il est dur de frayer avec le monde aujourd'hui, tant il est trompeur et inconstant, tant la vérité y est cachée avec adresse; quant aux hommes droits, c'est à peine si l'on ose se fier à eux à cause des crimes que commettent les autres; aussi les honnêtes gens ont-ils à en souffrir, ce qui est vraiment bien déplorable.

XV. — Quant à toi, si ton cœur s'appuie fermement sur la loi de Dieu, alors tes actions me seront agréables et je te prodiguerai mes conseils et mon appui. Ouvre donc ton cœur, parle et fais-moi juger si c'est à moi qu'il appartient de te donner le remède dont tu as besoin.

XVI. — Madame, répondis-je, je suis touché de votre bienveillance; je vous déclare donc que, de sa nature, mon amour est sincère, honnête et invariable. J'aime cette Fleur supérieure à toute autre chose, et je voudrais, fasse le ciel qu'il en soit ainsi, avoir l'occasion, par la grâce de celui qui est mort sur la croix, de lui montrer combien je l'adore, sans épargner ni peines ni ma vie même.

XXI. — C'est bien, dit la déesse; et puisque ton amour repose sur la vertu et la sincérité, je te prêterai secours et prierai ardemment la Fortune de cesser de t'être contraire.

XXII. — Car à vous tous, créatures qui habitez au-dessous de nous, il échoit des destinées dont le mélange et la direction appartiennent exclusivement à cette Fortune qui tient deux couteaux en main pour faire le partage de vos biens et de vos maux.

XXIII. — Quoi qu'il en soit, cependant, quelques clercs prétendent que votre destinée est arrêtée d'avance dans le haut des cieux; que c'est d'elle que dépend le plus ou moins de tourments que vous éprouvez sur la terre, et que ce que l'on nomme fortune, hasard, ne serait autre chose que les effets nécessaires de la diversité de vos actes.

XXIV. — Mais d'autres savants soutiennent, au contraire, que l'homme a en lui le choix et la liberté de faire comment et quand il lui plaît sa propre destinée; qu'à sa naissance il n'y a pas de nécessité (de destin arrêté), mais que les choses, les accidents arrivent en commun et que c'est ce que l'on appelle fortune, hasard.

XXV. — Mais qui peut savoir d'avance ce qui doit arriver? Hélas! la Fortune n'est d'aucun secours en ce cas, et tu sais bien pourquoi : en Dieu seul est la première cause de tout, lui seul sait tout d'avance.

Minerve, en terminant son discours, engage cependant le suppliant à se présenter, sous ses auspices, à la Fortune. Jacques prend congé de la déesse, et il redescend sur la terre à la faveur d'un chemin lumineux que lui ouvre Minerve.

CHANT V.

En se retrouvant sur la terre, notre poëte, continuant le récit de son rêve, se livre à l'adoration des œuvres du Créateur, et, selon toute apparence, ce morceau lui a été inspiré par la lecture du livre de Job. Enfin il rencontre un guide, *Bon-Espoir*, qui le conduit vers la *Fortune*.

VIII. — Alors, je vis, dit-il, une immense place circulaire, au milieu de laquelle était la déesse Fortune, grondant avec insolence, ayant devant elle une roue sur laquelle une multitude de gens s'efforçaient de grimper.

XI. — Au-dessous de la roue était un trou profond, horrible comme l'enfer, où je ne pus plonger mon regard sans frissonner de terreur; j'appris là que ceux qui y tombent ne reviennent jamais pour en donner des nouvelles; aussi, arrêté par cet effrayant spectacle, je ne sus ce que je devais faire, tant je fus épouvanté.

XII. — Mais quand je vis le tournoiement rapide de cette roue qu'il fallait attraper au passage, cela me parut une terrible chose; car je vis une foule de gens qui, le pied venant à leur manquer, en voulant grimper, retombaient à terre, tandis que d'autres, déjà parvenus au haut de la roue, étaient aussitôt renversés.

XIII. — Entre le haut et le bas de la roue, était un petit espace vide, que tous désiraient occuper le plus longtemps possible. Mais la Fortune faisait tourner la roue si rapidement, que les grimpeurs, perdant l'équilibre, étaient précipités du haut en bas, en sorte que la plupart blessés ne se sentaient plus le courage de recommencer.

Au temps où vivait Jacques, on aimait beaucoup les allégories de ce genre; aussi a-t-il développé toutes les ressources que lui fournissait celle de la Fortune. Nous en avons donné les traits les plus saillants, et nous ajouterons que la déesse finit, après avoir assuré le royal amant de sa protection, par lui tirer si violemment l'oreille qu'il se réveille complétement, ce qui met un terme à la vision et à ce cinquième chant.

CHANT VI.

A son réveil le poëte se retrouve dans la même disposition d'esprit où il était avant son sommeil. Toujours agité, incertain sur son avenir, il se demande si ce qu'il a vu en songe est le résultat de son imagination ou une vision qui lui vient du ciel :

IV. — O Dieu, s'écrie-t-il, si c'est un témoignage de votre bonté prévoyante de m'avoir montré ces choses pour ranimer mon courage, alors rendez-moi plus propre, je vous en supplie, à recevoir les effets de votre grâce...

V. — Alors j'allai à la fenêtre, repassant dans mon esprit tout ce que j'avais vu de là, lorsque tout à coup une tourterelle blanche comme la craie descendit du ciel, se posa sur ma main, et avec la grâce propre à cet oiseau, me fit pressentir un prochain soulagement.

VI. — Le bel oiseau portait en son bec une giroflée rouge avec sa tige verte, belle branche sur laquelle était écrite en beaux caractères d'or une simple sentence dont, autant que je l'ai compris, je donnerai le sens :

VII. — « Réveille-toi ! Réveille-toi ! Je t'apporte d'heureuses nouvelles qui assurent ta guérison et ton bonheur. Maintenant ris, joue, chante ; car ta destinée est devenue favorable et ta guérison est décrétée dans le ciel. » Bientôt après, la colombe, m'ayant présenté la belle fleur, ouvrit ses ailes, prit son vol et s'en alla.

ÉPILOGUE.

Cet épilogue fut probablement ajouté par Jacques lorsque son amour eut été agréé par Jane Sommerset, et qu'il put espérer s'unir à elle. Dans ce dernier morceau, le poëte revient parfois sur ce qu'il a déjà exprimé, et, comme tous les amants heureux, il ne tarit pas sur les qualités de sa bien-aimée. En abrégeant cette partie du poëme, nous ne pensons faire aucun tort à l'illustre prisonnier, et nous n'en détacherons que quelques traits qui pourront intéresser les lecteurs, ou au moins satisfaire leur curiosité.

X. — On me demandera sans doute, dit le poëte, quelle nécessité il y avait d'écrire à propos d'un si mince événement. Je répondrai que celui qui, tout à coup, a été élevé du fond de l'enfer à la plus haute félicité céleste, a voulu, dans sa joie, faire un remercîment en six ou sept chants, parce que tout homme n'a l'esprit occupé que de ce qu'il éprouve de fâcheux ou d'agréable. Je ne vous en dirai pas davantage.

L'une des strophes de cet épilogue, la quinzième, se termine par un vers qui, quelques années après, se transforma en une espèce de prophétie. Il paraîtrait que lorsqu'elle fut écrite, les deux amants avaient pris des engagements sérieux pour l'avenir, mais que les geôliers de Jacques, voulant irriter la passion du jeune prince, le privaient parfois de la vue de sa maîtresse. C'est au moins ce que peuvent faire supposer les sept vers dont voici le sens :

XV. — Raconter en détail les circonstances qui ont amené l'adoucissement de mon triste sort, de mes chagrins, ce serait trop long; j'y renonce, et ainsi je ne puis plus voir *cette fleur* qui est venue à mon aide avec un cœur si chaud, *qu'elle a défendu son homme contre la mort*[1].

1. And thus this floure I can seye no more,

Je n'omettrai pas non plus un trait charmant. Dans l'excès de la joie qu'il éprouve d'être aimé, l'amant heureux remercie l'Amour, Vénus, Minerve, la Fortune, le rossignol et la colombe porteuse de bonne nouvelle, et jusqu'aux murs du château de Windsor :

> XIX. — Murs de ce beau château, s'écrie-t-il, où j'ai été enfermé, où j'ai maigri, je vous remercie ! Béni soit le jour bienheureux, cause de ma captivité ! Et vous aussi, frais et verts berceaux à l'ombre desquels se promenait celle qui devait guérir mon cœur, recevez l'expression de ma reconnaissance !

Après avoir terminé ses actions de grâces par celles qu'il adresse à la *belle fleur* qui a dissipé tous ses chagrins, le poëte s'adresse à son livre :

> XXII. — Va, lui dit-il, petit traité, pauvre d'éloquence, et qui témoignes de la simplicité, de la faiblesse de mon esprit, va et prie le lecteur de supporter patiemment tes défauts.

Enfin la dernière strophe du poëme est un hommage rendu aux deux célèbres poëtes anglais prédécesseurs de Jacques d'Écosse.

> XXV. — A Gower et à Chaucer, mes chers maîtres, observateurs des règles de la rhétorique, maîtres en moralité et en éloquence lorsqu'ils vivaient ici, je recommande mon livre en stances de sept vers, et mets les fautes qui s'y trouvent sous la protection bienveillante du ciel.
> Amen.

Malgré la bizarrerie de la conception générale et la puérilité de plusieurs détails, cette composition a cependant un mérite rare en tout temps, mais plus particulièrement pour l'époque où elle a été écrite. Au lieu d'être purement imaginaire et de ne célébrer que des amours de convention, elle repose sur des événements réels et devient l'expression sincère et passionnée d'un sentiment vrai et profond.

Les qualités qui brillent surtout dans les écrits des poëtes galants, tels que Thibaut de Champagne et Charles d'Orléans, sont la facilité, l'élégance du langage, le soin qu'ils ont pris de choisir les mots, d'arrondir les phrases, de leur donner du nombre, et d'éviter les

So hertly has unto my help attendit
That from the deth hir man sche has deffendit.

inversions, en un mot de donner au style une limpidité et un agrément qui aident à l'intelligence du lecteur et charment son oreille. Pour les poëtes de cette école, qui remontent à Catulle chez les Latins, et n'ont pas cessé de briller en France depuis Guillaume de Lorris jusqu'au dix-huitième siècle, le sujet n'a jamais été qu'un accessoire subordonné au style.

Charles d'Orléans était né homme de lettres, académicien. Jacques d'Écosse, au contraire, en véritable enfant de race teutonique, tient à son idée, veut faire passer dans ses vers toutes les nuances du sentiment qu'il a éprouvé, et moins pressé de plaire aux autres que de soulager son âme par l'expression complète et hardie de sa passion, il traite la plupart du temps sa langue comme une esclave chargée de rendre sa pensée. C'est au fond, et toute proportion gardée, la manière de Chaucer et de Shakespeare.

Dans le *Livre du Roi,* la langue est bien moins perfectionnée que celle de Chaucer, qui écrivait un demi-siècle avant. Faut-il attribuer cette infériorité à un défaut inhérent au génie de Jacques, ou à l'imperfection du dialecte écossais dont il s'est servi? C'est ce qu'un Anglais lettré seul pourrait décider.

Nous connaissons Jacques d'Écosse amant et poëte; mais il y a encore en lui un homme remarquable par ses vertus, par ses talents; un prince qui, une fois rentré dans ses droits, s'est rendu digne du trône par les efforts qu'il a faits pour rétablir l'ordre et répandre la civilisation dans son pays, dans cette Écosse si sauvage encore de son temps, où les grands de son royaume mirent fin à ses nobles entreprises par un lâche assassinat.

Il faut se reporter au temps où Robert III et son fils le duc de Rothsay étant morts, et Jacques prisonnier des Anglais, le duc d'Albany, après avoir brisé par ses crimes les obstacles qui le séparaient du trône, devint régent de l'Écosse, où il exerçait un pouvoir absolu. On comprend qu'il ne s'empressa guère d'obtenir la délivrance de son neveu Jacques. Mais, malgré l'odieux caractère de cet homme, il faut cependant reconnaître qu'il gouverna l'Écosse avec fermeté, assez de justice, et fit surtout preuve de sagacité politique.

C'est pendant sa régence qu'eut lieu, en 1415, la bataille d'Azincourt, qui amena aussi à Windsor le prisonnier dont nous avons déjà parlé, Charles d'Orléans. A ce moment Jacques, prisonnier depuis cinq ans, avait atteint sa dix-septième année; dès que le roi d'Angleterre fut à peu près maître de la France, craignant que pendant son absence les Écossais ne tentassent des incursions et ne fournissent contre lui des troupes auxiliaires à Charles VI, il prit, comme otage à ses côtés, le jeune prince écossais, sous prétexte d'achever son éducation chevaleresque en le conduisant lui-même au milieu des combats.

A cette époque, l'Écosse voulait conserver son indépendance. Décidée à tous les sacrifices pour se défendre, elle continuait d'entretenir avec la France une alliance pour résister à l'Angleterre, leur ennemie commune. A la première invasion de Henri V en France (1415), les Écossais ne vinrent pas au secours de leurs alliés, mais cinq ans après, à la seconde invasion cependant qui amena le traité de Troyes (1420) et mit la couronne de France sur la tête de Henri V, les Écossais, se réveillant tout à coup, pensèrent avec raison que de la soumission de la France à l'Angleterre résulterait nécessairement la perte de leur propre indépendance. Ils envoyèrent donc un corps choisi, de sept mille Écossais, sous le commandement du comte Bucan. Cette petite armée, jointe aux troupes françaises commandées par le maréchal de La Fayette, alla au secours de la ville de Baugé en Poitou, que le duc de Clarence voulait occuper; l'armée anglaise, forte de dix mille hommes, fut mise en pleine déroute, et Clarence qui la commandait resta parmi les morts. Ce fut le premier échec sérieux qu'éprouvèrent les Anglais.

Cet événement prouva à Henri V qu'en retenant le roi d'Écosse prisonnier il ne réussirait pas à empêcher ses sujets de secourir vigoureusement leurs alliés français; il changea alors de plan, et fit venir Jacques en France, pour employer son influence sur ses compatriotes à les détacher de l'armée du Dauphin. On dit même que Henri offrit au jeune prince de lui rendre la liberté et son royaume, sous la condition qu'il ordonnerait aux soldats écossais de suivre son étendard. Jacques répondit au roi d'Angleterre : « Je suis votre prisonnier, et comme tel je n'ai nul pouvoir sur mes sujets, de même qu'ils ne sont nullement tenus d'obéir à mon commandement. » La conduite que tint Jacques quelques années après, lorsqu'il rentra dans ses États, rend ce fait vraisemblable, et prouve que toutes les précautions prises par les Anglais pour le faire entrer dans leurs intérêts n'avaient abouti qu'à le rattacher plus fortement à ceux de son pays.

Quand Jacques fut-il ramené à Londres? Cet événement eut-il lieu avant ou après la mort de Henri V, qui expira à Vincennes en 1422? Ce sont des questions auxquelles on ne trouve pas de réponse dans les historiens.

Nous voici donc ramenés en Écosse, où nous allons voir rentrer bientôt Jacques rendu à ses sujets.

A la régence du duc d'Albany avait succédé celle de son fils Murdac (1423). Celui-ci était aussi faible et négligent que son père avait été astucieux et actif. Non-seulement Murdac était incapable de gouverner l'État, mais il n'avait aucune autorité dans sa famille, et ses fils, méchants et libertins, le traitaient avec mépris et dureté. On prétend même que ce fut un acte d'insolence, exercé contre Murdac par son fils aîné, qui fut l'occasion de la délivrance de Jacques et de son retour en Écosse. Le régent avait un faucon dressé pour la chasse, dont il faisait un cas particulier. Walter, son fils aîné, le lui avait demandé avec insistance, mais le père avait constamment refusé. Un jour que le régent portait son oiseau sur le poing, Walter renouvela ses importunités, et ayant encore essuyé un refus, il enleva le faucon du bras de son père et lui tordit le cou. Murdac, indigné, dit : « Puisque tu ne veux conserver pour moi ni respect ni obéissance, je trouverai bien quelqu'un à qui il faudra que nous obéissions tous deux. » Et de ce moment le régent entra en négociation avec les Anglais pour obtenir la liberté de Jacques et le faire remonter sur le trône d'Écosse.

Ce fut au duc de Glocester, frère du roi Henri V, tuteur du jeune Henri VI, et alors à la tête des affaires de l'Angleterre, que s'adressèrent plusieurs seigneurs écossais pour entamer cette négociation. La passion de Jacques pour Jane Sommerset n'était plus un secret pour personne, et le Conseil, que présidait le duc de Glocester, fondait même sur cette circonstance l'espoir de réaliser enfin l'intention qu'avait eue le roi Henri IV, en retenant Jacques prisonnier, de rendre les intérêts de l'Angleterre et de l'Écosse communs. On pensa donc à Londres qu'une alliance matrimoniale entre le prince écossais et une princesse anglaise établirait des relations pacifiques entre les deux nations, et que Jacques remis sur son trône, renonçant à son alliance avec la France, cesserait de lui fournir des secours. Le Conseil accueillit favorablement les propositions faites par les seigneurs écossais, et les conditions du traité furent réglées. La première était que Jacques épouserait une princesse anglaise, clause que le jeune prince ne pouvait manquer d'accepter ; la seconde, qu'il s'engagerait à ne plus envoyer de troupes en France; la troisième était l'obligation de payer une rançon énorme pour subvenir aux frais causés par son séjour en Angleterre et pour cette excellente éducation au moyen de laquelle on se flattait de l'avoir métamorphosé en un véritable Anglais.

Jacques, sans faire aucune observation, consentit à tout; il épousa sa bien-aimée Jane, et cette cérémonie accomplie, il partit avec sa femme pour l'Écosse où ils furent couronnés au mois de mai 1424.

Ici finit la partie poétique et romanesque de la vie de Jacques Ier. Le voilà maintenant époux et roi, mais roi d'un peuple encore sauvage, et à la barbarie duquel se joignaient les vices et les désordres résultats d'un interrègne de vingt ans pendant lesquels toute espèce d'administration avait été négligée.

La division de l'Écosse par clans était alors l'exagération du gouvernement féodal établi dans presque toute l'Europe. Braves, fiers et sauvages, non-seulement les Écossais se faisaient des guerres atroces de clan à clan, mais leurs chefs étaient toujours portés à s'insurger contre les princes qui gouvernaient le pays. Le désordre s'était accru dans d'effrayantes proportions depuis la mort de Robert III jusqu'à la fin de la captivité de son fils Jacques. Aussi, quand ce dernier rentra dans son pays, il lui fallut mettre fin à l'horrible anarchie qui y régnait.

Le soin le plus pressant était de payer à l'Angleterre la rançon promise, et, par l'acquittement d'une partie de cette dette, de rendre à la liberté les enfants de plusieurs grands seigneurs écossais retenus à Londres en otage. Ce rachat était un devoir sacré; le roi fut obligé de lever des impôts, et comme la perception s'en fit par l'intermédiaire des chefs de clans habitués à commettre des exactions et des violences, les populations inférieures, sur qui les taxes pesaient, manifestèrent du mécontentement. Jacques, dont le cœur était droit et la volonté ferme, ne recula devant aucun obstacle.

La plupart des grands de son royaume étaient de véritables brigands; ils s'élançaient de leurs châteaux comme des oiseaux de proie, pour détrousser et même tuer les passants. Dans leurs accès de cupidité, ils faisaient subir les plus affreux traitements à leurs vassaux pour en obtenir ce qu'ils désiraient. Jacques voulut mettre un terme à ces brigandages et fit des exemples terribles. Une anecdote curieuse apprendra comment les hommes se gouvernaient entre eux, en Écosse, vers le milieu du quinzième siècle. Un chef de clan, du comté de Ross, nommé Macdonald, ayant pillé une pauvre veuve, cette femme, dans l'excès de son désespoir, s'écria « qu'elle irait demander justice au roi, qu'elle irait même *à pied* jusqu'à Édimbourg s'il le fallait. » — « Le voyage est bien long, lui dit son bourreau, il faut que je te fasse ferrer. » En effet, sur l'ordre de Macdonald, un forgeron, ayant été appelé, cloua des souliers aux pieds de la veuve, comme on ferre un cheval. Malgré cet horrible traitement, la courageuse femme se pansa, guérit, et demeurée ferme dans sa résolution, alla à Édimbourg, se jeta aux pieds du roi et lui apprit comment elle avait été traitée. Jacques, indigné, donna ordre aussitôt de poursuivre Macdonald. Arrêté avec douze de ses complices, le roi fit clouer des semelles de fer à leurs pieds et, après avoir été exposés dans cet état pendant trois jours, ils furent mis à mort.

En exerçant ces rigueurs nécessaires, Jacques dut repasser plus d'une fois dans sa mémoire le temps de sa captivité, qui fut effectivement le plus heureux de sa vie, alors qu'il voyait Jane badinant avec son lévrier, qu'il priait le rossignol de récréer sa maitresse, et que, bénissant sa prison, il s'écriait : « Murs de Windsor, où j'ai été enfermé, où j'ai maigri, je vous remercie ! ! ! »

Mais il fallait être roi et, tout en étant juste, se montrer aussi dur que les coupables. Au milieu des excès et des violences qui se commettaient alors en Écosse dans toutes les classes, l'administration brutale et sanguinaire de la justice n'était que le contre-poids nécessaire opposé à la dissolution et à la férocité des mœurs ; et ce ne fut que par une sévérité inexorable que Jacques Ier parvint à établir un certain ordre dans son royaume. Il forma d'abord une commission d'hommes intègres chargés de connaître des abus commis dans ses États, puis imposa des lois justes auxquelles tous ses sujets durent obéir indistinctement. Les plaintes qu'ils avaient à former les uns contre les autres furent portées devant des tribunaux chargés d'entendre les parties et de juger leurs différends. Des règlements pleins de sagesse fixèrent les droits de chacun de ceux qui exerçaient le commerce tant intérieur qu'extérieur ; et pour mettre fin aux abus, aux vols même qui se commettaient dans les transactions journalières, il établit l'égalité des poids et des mesures.

De grands désordres s'étaient introduits dans les études ecclésiastiques ; Jacques, guidé tout à la fois par la justesse de son esprit et l'excellente instruction qu'il avait reçue pendant sa captivité, dirigea lui-même les améliorations qu'il fit apporter dans le régime des séminaires.

De toutes les plaies qui rongeaient l'Écosse, la plus profonde et par conséquent la plus difficile à guérir était causée par la paresse, la débauche et l'ivrognerie dégénérées en habitude, dans tous les rangs de la société. Pour déraciner ces vices, le roi donna d'abord l'exemple d'une conduite irréprochable comme père de famille, fit régner la plus grande simplicité sur sa table et dans ses vêtements. Après avoir exigé que toutes les personnes dont il était entouré se conformassent en ce point à ses ordres, il rendit de sévères ordonnances pour mettre un frein à la débauche et aux habitudes de luxe que les Écossais avaient contractées. Enfin, pour combattre la paresse et l'amour illicite du gain que les guerres intestines avaient en quelque sorte fait passer dans les mœurs, il fit venir des Flandres des ouvriers de toute espèce pour remettre l'industrie et les fabriques en vigueur, et donner aux classes pauvres les moyens d'apprendre à travailler et à gagner honorablement leur vie.

Jacques réussit assez bien à régulariser les habitudes et à adoucir les mœurs du peuple proprement dit, mais il ne fut pas aussi heureux dans une entreprise plus difficile, qu'il regardait cependant avec raison comme la plus importante pour la pacification et le bien-être de son royaume; celle de diminuer le pouvoir des chefs de clan. Chacun d'eux gouvernait ses domaines en véritable monarque, faisant constamment la guerre à ses voisins et allant souvent jusqu'à attaquer le roi lui-même. Soutenu par son amour inflexible de la justice, Jacques, pour consolider les institutions au moyen desquelles il avait comprimé les vices des classes inférieures, attaqua le mal à sa racine et déploya une sévérité extraordinaire envers les plus hauts personnages du pays. Un assez grand nombre d'entre eux furent traduits en justice, et comme on les reconnut coupables d'exactions et de meurtres, le roi ratifia les sentences qui les condamnaient à mort et ordonnaient la confiscation de leurs biens.

Les nobles ne manquèrent pas de jeter feu et flamme à ce sujet. Pour le malheur de Charles il fut en ce moment forcé de lever des taxes précisément pour faire face aux dépenses qu'occasionnaient les frais de la justice et des autres institutions destinées à maintenir l'autorité du trône. Le peuple écossais était pauvre, et avait d'ailleurs perdu pendant la régence l'habitude de payer régulièrement des impôts. Les nouvelles taxes l'indisposèrent, et les nobles, profitant de ce mécontentement populaire, désignèrent à leurs vassaux le roi Jacques comme un homme avare et cruel.

A ce levain de discorde intérieure se joignirent bientôt des difficultés venant du dehors. Jacques poursuivait toujours son but de rendre l'Écosse indépendante de l'Angleterre. Malgré les promesses qu'on lui avait extorquées à Londres, il entretenait des relations amicales avec la France. Non-seulement il ne rappela pas les troupes écossaises au service de Charles VII, mais il envoya de nouveaux renforts à ce prince que Jeanne d'Arc avait fait couronner à Reims; il ne craignit même pas d'irriter le ministère anglais en accordant sa fille Marguerite en mariage au Dauphin de France. Aussitôt entra en Écosse une armée anglaise qui fit d'abord beaucoup de dégâts, sous la conduite du comte de Northumberland, mais qui bientôt après fut battue à Popperden par Guillaume de Douglas, et obligée de se retirer. Doublement irrités de cette défaite et du mariage projeté de la princesse Marguerite avec le prince français, les Anglais envoyèrent une flotte sur les côtes pour enlever la jeune fiancée; mais, plus heureuse que son père, elle échappa au danger. Le bâtiment qui la portait, ayant fait le tour de l'Écosse, évita l'escadre anglaise et aborda heureusement à La Rochelle, d'où la princesse fut conduite à Tours. C'est là qu'elle épousa le Dauphin, qui devint roi sous le nom de Louis XI.

Cette jeune Marguerite, qui mourut cinq ans après son mariage, avait sans doute été élevée dans le goût des lettres par son père; c'est elle qui, rencontrant le secrétaire de Charles VII, son beau-père, le poëte Alain Chartier, endormi, « *baisa,* » disait-elle aux courtisans qui souriaient de son action, « *non pas l'homme, mais la bouche qui avait prononcé tant de belles choses!* »

Mais c'est en vain que nous cherchons à retourner vers la poésie; en revenant à Jacques roi, nous retombons dans les embarras d'un règne glorieux, mais pénible, qui devait se terminer d'une manière tragique. Malgré son désir, Jacques ne put acquitter envers les Anglais le prix entier de sa rançon; ses revenus avaient été tellement amoindris par le faste et les désordres des régents, et la pauvreté du peuple rendait la levée de taxes si difficile, qu'il ne put jamais payer aux Anglais que le tiers à peine de sa dette.

Continuellement harcelé par l'Angleterre, qui réclamait la rançon à main armée, et par la noblesse écossaise, fière, turbulente, divisée d'intérêts, et profondément irritée des sévérités que l'on exerçait contre elle, Jacques était sans cesse en proie à une activité fiévreuse. Les grands, toujours en querelle entre eux, s'accordaient cependant en un point, celui de se défaire d'un maître dont le gouvernement ferme leur avait ôté cette indépendance criminelle dont ils avaient tant abusé. Leur haine devint telle, qu'ils tramèrent contre le roi une conjuration, dont l'un des plus puissants, sir Robert Graham, fut l'instigateur et le chef. Retenu assez longtemps en prison pour quelques-uns de ses méfaits, cet homme, à la fois ambitieux et cruel, portait une haine profonde au roi. Pour assurer le succès de son projet, il enrôla un assez grand nombre de montagnards pour l'aider, leur disait-il, à enlever une femme. Cette première précaution prise, il s'assura ensuite de la coopération du comte d'Athol, oncle de Jacques, en lui promettant de proclamer sir Robert Stuart, son fils, roi d'Écosse, lorsque leur projet serait accompli. Ces préparatifs, ces conciliabules avaient lieu dans les montagnes, d'où Graham eut la hardiesse d'envoyer un défi au roi, en lui signifiant que s'il n'y répondait pas, il irait le tuer. La tête de Graham fut mise à prix; mais, retranché dans le haut pays, on ne pouvait l'atteindre; il y attendit le moment propice pour satisfaire sa vengeance.

Jacques assiégeait vivement la ville de Roxburg, défendue par les Anglais, lorsque les bruits de la conjuration étant parvenus aux oreilles de Jane, cette tendre épouse se hâta de prévenir le roi des dangers qu'il courait, afin qu'il levât le siége de Roxburg et rentrât à Édimbourg. Le jour de Noël approchait, et Jacques l'avait choisi pour donner une fête dans la ville de Perth. En se rendant dans cette ville, il rencontra une vieille montagnarde, qui avait la réputation de prédire l'avenir. Placée près du bac sur lequel Jacques devait passer pour continuer son voyage, cette femme, dès qu'elle l'aperçut, s'écria : « Milord roi, si vous passez cette rivière, vous ne reviendrez pas vivant. » A ces paroles le roi, qui avait lu quelque part qu'un roi serait tué en Écosse cette année-là, ne put se défendre d'une certaine émotion; mais bientôt tournant la chose en plaisanterie et s'adressant à un seigneur auquel il avait donné le surnom de *Roi d'Amour* : « Eh bien! sir Alexandre, lui dit-il, la prophétie annonce pour cette année la mort d'un roi; il faut qu'elle concerne l'un de nous deux, car nous sommes les seuls rois en ce pays. » Puis Jacques et sa suite continuèrent gaiement leur route vers Perth.

Arrivé dans cette ville, il y fut reçu par la fidèle Jane, impatiente de le revoir dans ce moment où les bruits sinistres de conjuration devenaient de plus en plus alarmants. Le roi, avec la reine et les dames de sa suite, se logea dans le couvent des Moines noirs, car il ne se trouvait dans la ville ni château, ni hôtel convenable pour les recevoir. La cour, après y avoir célébré la fête de Noël, continua de séjourner à Perth pendant plus d'un mois. La garde du roi, quoique très-peu nombreuse, n'avait pu, faute de place, être logée auprès du roi, elle était dispersée chez les habitants de la ville.

Avertis de ces détails par leurs espions, Graham, le comte d'Athol et les autres conjurés, se rendirent secrètement aux environs de Perth, et prirent toutes les précautions qui devaient faciliter l'exécution de leur projet. Ils parvinrent à faire forcer les serrures de l'appartement du roi et à enlever les barreaux destinés à soutenir ses portes. Tandis que l'on rendait ainsi la partie intérieure du monastère accessible, Graham et d'Athol à la tête de trois cents montagnards se tenaient prêts à escalader les murs du cloître. Tout étant ainsi préparé, le 20 février 1437, Graham descendit des montagnes où lui et sa troupe se tenaient cachés, et, jetant des planches sur les fossés du monastère, pénétra avec son monde jusqu'au jardin.

Quant au récit de la scène tragique qui va suivre, il a été fait par un contemporain. Le voici :

« Le soir du 20 février, au coup de l'étrier, le roi se retira avec sa compagnie dans sa chambre à coucher. Couvert de sa robe de chambre et se tenant devant le feu en conversant avec la reine et ses femmes, son attention fut tout à coup éveillée par un cliquetis d'armes. Toujours sur ses gardes, depuis les avertissements qui lui avaient été donnés, et prévoyant quelques dangers, il cria aux dames de verrouiller les portes tandis qu'il s'échapperait par la fenêtre; mais les barreaux étaient trop serrés pour laisser passer le corps d'un homme, en sorte qu'en désespoir de cause le roi s'arma d'une pincette, s'élança dans une pièce voisine dont il arracha une planche du parquet pour se glisser dans un petit cabinet souterrain. A peine la planche était retombée que les dames virent paraître Robert Graham suivi des montagnards. En faisant des efforts pour les empêcher de pénétrer dans la chambre du roi, Catherine Douglas eut le bras cassé et la reine elle-même fut blessée. Alors une voix se fit entendre qui disait : « Fi donc! ce n'est qu'une femme; cherchez donc son mari. » Les assassins, ne trouvant pas le roi dans sa chambre à coucher, prirent des directions différentes pour fouiller les lieux voisins. Jacques, profitant de leur absence, cria aux dames de le tirer du lieu où il était; mais en faisant un effort pour l'aider à en sortir, la courageuse Catherine Douglas tomba elle-même dans l'ouverture du plancher. Pendant la confusion causée par ce dernier accident, l'un des assassins, étant entré dans le cabinet, poussa un cri pour appeler ses compagnons. Aussitôt sir Jean Hall et son frère, deux des plus ardents conjurés, entrèrent là où était le roi. Mais Jacques, qui était d'une force athlétique, saisit ses deux assaillants et essaya de les étrangler sur le plancher. Il était sur le point de se débarrasser d'eux, lorsque Graham, s'élançant à leur secours, les dégagea des étreintes du roi. Ce malheureux Graham eut un moment de pitié en voyant l'état où était Jacques, et peu s'en fallut qu'il ne cédât aux prières et aux promesses que le prince lui adressait pour l'attendrir. Pendant quelques secondes le chef des assassins hésita. Mais les autres conjurés, inaccessibles à la pitié, effrayèrent Graham de leurs menaces, se joignirent à lui, et enfin l'infortuné monarque, bien qu'il se défendît comme un lion, accablé par le nombre, tomba mort après avoir reçu seize blessures. »

Cet assassinat était horrible, la punition des coupables ne le fut pas moins. Les principaux auteurs du crime, le comte d'Athol, Robert, son neveu, et Graham, qui était leur proche parent, furent condamnés à perdre la vie; mais de quelle manière ! D'Athol, comme le plus coupable, eut à endurer un supplice qui fut prolongé pendant trois jours. Promené d'abord sur un chariot où de temps en temps on lui donnait l'estrapade, on le plaça le second jour sur un échafaud et on lui mit sur la tête une couronne de fer rouge avec cette inscription : « Le roi des traîtres. » Enfin lié sur une grille attachée à la queue d'un cheval, on le traîna dans les rues d'Édimbourg, puis on l'éventra pour jeter ses entrailles sur un brasier; enfin, son corps, coupé en plusieurs morceaux, fut réparti entre les principales villes de l'Écosse. Robert Stuart, neveu d'Athol, en raison de son jeune âge, obtint pour grâce d'être pendu. Quant à Robert Graham, qui avait médité et exécuté le crime, il fut traîné sur une charrette par la ville, la main droite attachée à un poteau infamant; et pendant cette affreuse promenade, des bourreaux lui tenaillèrent le corps avec des fers rouges. Le reste de son supplice fut celui d'Athol.

Semblable au cours des saisons, la vie de Jacques eut quelques beaux jours de printemps, et elle finit par un affreux hiver. Sa délivrance, son union avec l'objet de son unique amour, et l'instant où, rendu à l'Écosse, il plaça la couronne royale sur la tête de sa bien-aimée Jane, ces trois événements ont fait briller les jours dorés de sa jeunesse. Mais au delà il fallut dire adieu aux rêves d'amour, à la douce poésie, et entrer dans la vie réelle la plus difficile, la plus dure, celle d'un roi, naturellement bon et doux, appelé à devenir le législateur d'un peuple tout à la fois barbare et corrompu. Aussi le malheureux Jacques est-il mort à la peine.

La persévérance avec laquelle, jeune encore, il a résisté à la politique astucieuse des Anglais, l'attachement inviolable qu'il conserva pour son pays natal, et les efforts qu'il ne cessa de faire, dès qu'il fut remonté sur le trône, pour civiliser l'Écosse, placent ce prince au nombre de ceux qui ont montré une véritable grandeur. Il en est qui ont obtenu une célébrité bien plus grande, mais aucun d'eux peut-être ne mériterait autant que Jacques le titre de grand, si on ne l'accordait qu'à ceux qui, enflammés d'un amour sincère pour le bien, ont gouverné selon la justice, et ont eu le rare courage de dédaigner la popularité d'un moment pour préparer le bonheur de leur pays par des institutions sages et des lois justes.

Son règne n'a duré que treize ans; mais durant ce peu d'années, les progrès que Jacques a fait faire à la civilisation en Écosse sont immenses. Outre les bienfaits des institutions politiques, civiles et morales qu'il a fondées, ce généreux prince, par son talent de poëte et de musicien, a contribué à adoucir les mœurs et les habitudes des populations qu'il gouvernait. Quoique constamment entraîné dans le tourbillon orageux des affaires publiques, des guerres avec les Anglais, et des révoltes toujours plus menaçantes de la noblesse de son pays, Jacques, naturellement bon, aimable et gai, composait les paroles et la musique de chansons destinées à égayer les foyers domestiques, et dont la tradition s'est conservée, dit-on, jusqu'à ce jour dans les montagnes de l'Écosse.

Outre le *Livre du Roi* (*King's Quair*), que nous avons essayé de faire connaître en partie, il reste de Jacques Ier d'Écosse une sorte de poëme intitulé : *Christ's Kirk of the Green* (l'Église du Christ de Green), composition qui peut donner une idée du style des chansons dont nous parlions tout à l'heure. Le roi-poëte s'est plu à y retracer avec gaieté les passe-temps et les plaisirs des paysans écossais. Mais cette pièce de poésie, pleine d'allusions aux mœurs et aux plaisanteries écossaises de mode dans la première moitié du quinzième siècle, ne nous a pas permis d'en traduire même de simples fragments, et il est à regretter que Walter Scott, si curieux des antiquités de son pays, ne nous en ait pas donné une paraphrase en anglais moderne.

Ce Solon et cet Orphée de l'Écosse, arraché des bras de son père à l'âge de onze ans, captif des Anglais pendant vingt années et roi durant les treize dernières de sa vie, est mort lâchement assassiné à quarante-quatre ans, ayant eu de la noble Jane de Sommerset, outre Marguerite, morte Dauphine en France, deux enfants jumeaux qui ont à peine vécu, et un fils qui lui succéda immédiatement sous le nom de Jacques II.

On connaît maintenant Jacques Ier comme homme, poëte et législateur. Il ne reste plus qu'à déterminer la place qu'il doit occuper parmi les écrivains anglais du quinzième siècle (car le dialecte écossais ne s'éloigne pas assez de la langue anglaise pour en faire un idiome particulier), et enfin d'établir une comparaison entre les talents des deux prisonniers de Windsor, Charles duc d'Orléans et Jacques Ier d'Écosse.

Par les citations de quelques-unes des poésies du prisonnier d'Azincourt, on a pu reconnaître que leur principal mérite est plus particulièrement dans la pureté et dans l'élégance du style que dans l'éclat des images et dans la profondeur des pensées. Le génie et le talent de Jacques étaient d'une tout autre nature. Quoique l'instruction qu'il reçut à Windsor semble avoir été plus sérieusement classique que celle donnée au prince français par sa mère, Valentine de Milan, le prince écossais, d'un caractère plus passionné, d'une imagination plus vive et plus variée, s'est habituellement affranchi des modèles anciens, et a imprimé plus d'originalité à ses compositions, plus de force et de profondeur à ses pensées. C'est par là, selon nous, qu'il peut être considéré comme supérieur à Charles; mais si on les compare comme écrivains, la palme est due à ce dernier.

En ma qualité de Français, je me serais abstenu d'émettre cette dernière opinion, si je n'avais pu la justifier par des preuves. Dans le premier des *Contes de Canterbury*, composés par Geoffroy Chaucer, celui qui est imité de la *Théseide* de Boccace, deux jeunes amis, enfermés dans la même prison, aperçoivent de la fenêtre une jeune beauté dont ils deviennent également amoureux fous. C'est une situation analogue à celle de Jacques voyant du haut de la tour de Windsor Jane de Sommerset jouant avec son lévrier; aussi le prince, qui avait certainement lu l'épisode du conte de Chaucer, l'a-t-il imité; or, cette imitation rend également sensible la véritable originalité de l'Écossais et l'infériorité de son style comparé à celui de Chaucer.

Dans le *Livre du Roi*, la langue est souvent bien rude, et les idées et les images, présentées sous forme de sentences isolées, donnent aux phrases quelque chose de haletant qui en rend parfois la lecture pénible. En outre, les phrases et les expressions souvent trop vagues jettent sur les pensées une obscurité qui force le lecteur à en deviner le sens plutôt par ce qui précède et ce qui suit que par le texte même. Cependant, malgré ces imperfections, il s'exhale de ce *Livre du Roi* un parfum d'amour si sincère et si délicat, la passion y est exprimée avec tant de force et de naïveté, que si le maître, G. Chaucer, eût vécu assez longtemps pour donner des leçons de langage et de versification à son royal élève, il l'aurait félicité avant tout des dons précieux de poëte qu'il avait reçus du ciel.

FIN DES DEUX PRISONNIERS DE WINDSOR.

Paris. — Imprimerie de P.-A. Bourdier et Cie, rue Mazarine, 30.

www.ingramcontent.com/pod-product-compliance
Ingram Content Group UK Ltd.
Pitfield, Milton Keynes, MK11 3LW, UK
UKHW020349250726
13967UKWH00005B/2192